蒙古国文学经典译丛

城市故事

[蒙古]罗·乌力吉特古斯 著

照日格图 译

内蒙古人民出版社

图书在版编目（CIP）数据

城市故事/（蒙）罗·乌力吉特古斯著；照日格图译.-呼和浩特：内蒙古人民出版社，2017.10

（蒙古国文学经典译丛）

ISBN 978-7-204-15080-9

Ⅰ.①城…　Ⅱ.①罗…②照…　Ⅲ.①短篇小说—小说集-蒙古—现代　Ⅳ.①I311.45

中国版本图书馆 CIP 数据核字（2017）第 281602 号

城市故事

作　　者　［蒙古］罗·乌力吉特古斯
译　　者　照日格图
责任编辑　郝　乐
封面设计　苏德佈仁
出版发行　内蒙古人民出版社
地　　址　呼和浩特市新城区中山东路 8 号波士名人国际 B 座 5 楼
印　　刷　内蒙古爱信达教育印务有限责任公司
开　　本　680×960　1/16
印　　张　13
字　　数　190 千
版　　次　2018 年 1 月第 1 版
印　　次　2018 年 1 月第 1 次印刷
印　　数　1—3000 册
书　　号　ISBN 978-7-204-15080-9
定　　价　32.00 元

如发现印装质量问题，请与我社联系，联系电话：（0471）3946120

女孩儿与云朵

——《城市故事》汉译本序

海日寒[1]

一

小说是什么？这个问题一直折磨着我。

随着时间的推移，我从“知道”进入了“不知道”，又从“不知道”坠入了“真的不知道”的巨大旋涡。

难怪老子说：道可道，非常道。老子圣明啊。

翻开小说史，寻找答案。

从文艺复兴到十九世纪末，西方小说一直处在“立”的阶段，就是为小说“立规矩”。几百年来立了很多规矩。什么怪诞现实主义、古典主义、启蒙主义、浪漫主义、现实主义，以至自然主义和象征主义。这也许就是西方人“知道”小说的阶段吧。

---

① 海日寒系内蒙古大学教授、博士生导师，诗人、翻译家、文学评论家。

知道的太多,难免要烦。

进入二十世纪后,西方人开始“怀疑”小说,也就是进入了“破”的阶段。破了很多规矩,出现了几位重量级“爆破手”:普鲁斯特、卡夫卡、罗伯-格里耶和博尔赫斯。

普鲁斯特是回忆能手,喜欢在潜意识里游泳,破坏了理性的规矩;

卡夫卡是搞怪高手,喜欢在地洞里讲惊悚童话,破坏了现实的规矩;

罗伯-格里耶是刺头圣手,喜欢一切反着来,破坏了常识的规矩;

博尔赫斯是猜谜大师,喜欢在迷宫里躲躲藏藏,破坏了真实的规矩。

经过这番狂轰乱炸,劈头盖脸,可怜西方小说只剩下一片残垣断壁,破碎山河,遍野哀鸿了。

这就是西方人“不知道”小说的阶段。破了很多规矩,也立了不少新规矩,但画出来的已然不是原来的“方”,原来的“圆”。

西方现代小说更像一些色彩斑斓的不规则图案。

二

蒙古族小说的渊源有两个。

一个是以史诗、民间故事和为代表,可称为“民间渊源”;另一个是以《蒙古秘史》《黄金史》和少量书面小说为代表,可称为“书面渊源”。

所以,蒙古族古代小说一直在“历史”和“故事”中游移不定,在“真实”与“虚构”中进退两难。

直至蒙古族大文豪尹湛纳希时期,“历史”和“故事”的悖论依然困惑着小说家。尹湛纳希把自己的长篇小说《青史演义》看作史记,而把《一层楼》和《泣红亭》当作了小说。

二十世纪,是蒙古族小说现代转型的时代。

首先,经历了漫长的革命历史宏大叙事阶段,出现了《茫茫的草原》《清澈的塔米尔河》等红色经典。

随之而来的是民族历史宏大叙事阶段，出现了《无顶之庙》《云雾》《扎萨克盆地》《巍巍青山》等作品。

蒙古国小说和中国的蒙古语小说的发展历程大致对应。

从二十世纪九十年代始，蒙古族小说中的宏大叙事开始动摇和散裂，进入乡土叙事和个人化叙事阶段。

在蒙古国小说中，个人化叙事的趋势更胜一筹，罗·乌力吉特古斯的创作鲜明地代表了这一趋势。

三

小说是什么？又回到起点。

小说有“小”，小说也有“大”。

“小”就是小处着手，“大”就是大处着眼。

小说的“大”是小说家的起点、视点和立点，也就是小说家的世界观、历史观和价值观，是小说家把握、认识、体验、感悟“世界”——社会、历史、人生、人性和艺术的总纲领。对“大”的把握决定了小说家的高度、深度和广度。

但凡大家必有独特的“大”的世界。

小说家的“小”就是细节、丰富性和微妙处。对小说家来讲，没有“小”就没有“小说”。

小说的“大”历史学家也能做到，而小说的“小”只有小说家能说出。

难怪恩格斯会说：巴尔扎克的小说显现的，比当时从“所有职业的历史学家、经济学家和统计学家那里学到的全部东西还要多”。

这就是小说的功能。

小说，不仅仅是认识和阐释，更多的是对“整个世界”的体验、感悟和呈现。

这里有更多的发现和想象、放大和提升、澄明和超越。

小说是“整个世界”的命名和显现。

四

应该回到我们的主人公——罗·乌力吉特古斯。

罗·乌力吉特古斯是蒙古国70后女作家、诗人，是蒙古国新生代作家中的杰出代表。

她是一位自由的写作者。

这里的“自由”有几层含义：

其一，罗·乌力吉特古斯经常游走在东西方之间，出入俄英美法中日各国，带有较浓厚的“文化驴友”色彩；

其二，罗·乌力吉特古斯的修养决定了她“越界”式的思维方式，其国际化程度要远远高于其他蒙古国作家；

其三，罗·乌力吉特古斯左手写诗，右手作小说，兼而搞翻译，是个文学多面手，在各个领域游刃有余、大秀才情。

我手头就放着她主编的《世界经典诗歌选》《蒙古经典诗歌选》《蒙古经典小说选》和我的老同学、翻译家哈森译的《罗·乌力吉特古斯诗选》。

罗·乌力吉特古斯是一位才女型作家。

罗·乌力吉特古斯的作品典型地代表了当前蒙古国文学现代化、国际化和个人化走向。

她的小说展现给我们的不再是民族历史的宏大叙事。

在这里，读者几乎看不到公共想象与期待视野中的蓝天白云、碧野鲜花、英雄骏马、蒙古包勒勒车，而看到的是现代都市场景中与芸芸众生一样的现代蒙古人的生活世界与心灵世界。

她的小说给我们展现着蒙古人的现代经验。

她的小说也展现个人化经验。詹姆逊所谓“第三世界”的寓言写作在她的小说中几乎销声匿迹，她呈现给我们的只是一个现代都市女性对世界、对生命、对人生、对存在的诗性思考与感悟。这个故事可以发生在乌兰巴托，也可以发生在巴黎、纽约、香港，抑或巴西利亚、墨尔本。

她的小说是女性的。

她坚持一种私人化的小叙事，这个私人化无法剔除的就是女性化。

她用女性的眼睛去观察，用女性的口吻去叙说，用女性的视角去认知，用女性的心灵去感悟。

她不避讳把自己定位成“小女人”，用“小女人”的嘴说小说的这个“小”。

因为小，所以真实。

因为小，所以感人。

因为小，所以更普遍。

《小偷》是一种发现，也是一种揭示，更是一种澄明。

这篇小说让我们知道什么是小说化的想象。如果一个人想和别人不一样，不想被“规训”，那结果会怎样呢？她会告诉你。

《女人男人》中一个女人和一个男人在世界的某个角落相遇，就像夏娃和亚当在伊甸园相遇，会不会有一场浪漫的邂逅和情爱的欢愉呢？读者所有的期待和想象会被一一印证的同时，也会被一一解构。这是她的答案。

《遗产》里一位挚爱着自己孙女的祖父去世了。他给所有嫡系子孙留下了遗产，唯独没有给至爱的孙女。这又是为什么呢？结果出乎所有人的意料。

《可怕的东西》是一篇海明威式的戏剧化场景叙事。悬念在对话中缓慢而有条不紊地剥丝抽茧，一一解开。

五

《城市故事》的译者是照日格图。

照日格图,中国蒙古族新生代作家、翻译家,80后。

他是我的学生,也是我的挚友。

照日格图用蒙汉两种语言创作,他的散文在圈子里小有名气,被誉为80后作家的代表。他的翻译质量高,数量多,如今已有几百万字。

照日格图的原创作品和翻译作品经常出现在《读者》《译林》《世界文学》等主流刊物上,让作为同行的我望尘莫及。

翻译是有性格的。

翻译文字中或多或少带着翻译者的生命体温和气息。

照日格图的翻译自然、随和、贴切而充满诗意。

很多时候我几乎忘记了"这是翻译"。

也许,这就是文学翻译的佳境了。

六

想给我这个拖沓的序起个名字,想了很久。

还是没想起来。

忽然发现作者的作品中有个很好的比喻。

这个比喻让我眼前一亮。

好,就是她了。

女孩儿与云朵。

2017.12.9

目录

contents

罗·乌力吉特古斯

罗·乌力吉特古斯，蒙古国当代著名女诗人、作家。1972年生于蒙古国达尔汗市。著有《第一辑》《春天多么忧伤》《长在苍穹的树木》《有所自由的艺术或新书》《孤独练习》《我的忧伤史》《在遐想的房间》《映在镜中的佛陀》等诗集和《留在眼镜上的画面》《所见之界》《城市故事》等小说集。曾获蒙古国作家协会奖、年度优秀诗集奖等奖项。2009年获蒙古国总统授予的“北极星”奖章。

作品被译为俄罗斯、英国、法国、日本、匈牙利、韩国、中国等多国文字。

小　偷

有一天她发现梳子不见了，找啊找，就是没有。去买一把新的易如反掌，可她不想去，找啊找，找啊找，找啊找。

这把梳子陪了她一年。柄子拿起来舒服、温润，上面镶有亮晶晶的珍珠，看了让人爱不释手。它浅黄的颜色会随着光线的变化变成淡粉色、浅蓝色或者深蓝色，远远看上去也像黑色，的确叫人喜欢。

她在心里说："好吧，既然我已经决定这两天不出门，为了一把梳子去超市也够麻烦的。"

她连着三天没有梳头。洗了头发，用手稍稍整理一下就不去管它了。有一天，她对着镜子，发现这种稍显凌乱的发型比精心梳理过的发型更适合她。她很开心，险些笑了出来。

已有十天没梳头了，没出门也已经有十天了。

有一天，她洗澡时发现洗发水不见了。"真奇怪，应该还没用完啊。就算用完了，瓶子也应该在啊。"

她从小就喜欢那些漂亮、精致的瓶子，买洗发水时自然也会偏爱瓶子漂亮的。洗发水一用完她就把瓶子清理干净，将它"请"上浴室的玻璃台。

找啊找，找啊找，就是找不到。她光着脚在屋子里足足找了二十几分钟。那些明明知道不应该出现的地方——床下、书柜，最后连鞋柜也翻遍了，还是没找到。寒冷和疲惫让她莫名地生了气，她大喊一声，穿上衣服，走进自己的小屋坐在电脑前。她就是不想去超市。她五天都没有洗头，已经十五天没有出门了，偶尔站在阳台上，呆呆地看一眼冷冷的秋色，深吸几口都市被污染的空气，便又进了屋。

第十六天的早晨，一起床她就发现带有金线刺绣的浅黄色拖鞋不见了。以往她一起床就会往下伸脚穿拖鞋，这次探了半天都没找到拖鞋。她揉着眼睛往地上看，拖鞋没了。她往床底下找，也没有。“真奇怪！”她坐在地上想了想，最后四肢朝地，把大半个身子都挤进床下去找，还是没找到。“就是前天晚上拖过来放在这儿的呀，鞋一离脚我就上床睡觉了。平时也都这样啊，这拖鞋到底跑哪儿去了？”她呆呆地坐在那里冥思苦想，打了个哈欠。“难道在别的地方脱了，光脚过来的？”这样一想（虽然她也不大相信自己会这么做），她就去别的屋子找。她从手工布艺店里买来的那双拖鞋的确不见了。那双拖鞋的里子是粗布的，鞋面是浅黄色的缎子，上面还有三棵红色的树。比起上次生气的经历，这次她除了生气还多了一些诧异。她利用半天时间细细地找，还是一无所获。那双拖鞋就那么消失了。

她现在还是单身贵族，从老家来到这座城市快一年了，在这里没有一个朋友。她早出晚归，一下班就往自己的出租屋里跑。刚搬过来时，屋子里没有一件像样的家具，所以她碰上喜欢的东西就往家里搬。现在家里堆了不少东西，用她的话说就是收集了不少“垃圾”。这房子租金便宜，周围的服务设施也很到位，离工作的地方也不算远。刚开始，她还不大相信自己能找到这么好的住所，高兴得像找到了自己毕生的幸福。

然而，事情并没有转向好的方向。整整十一个月来她都在拼命工作，可突然有一天工作莫名地丢了，十一个月的努力就这样白白浪费了。她现在有时间可以待在家里，坐吃她那点可怜的积蓄。第一周她还在操心怎么再找个工作糊口，可有一天早上醒来发现在床上抱着枕头什么也不说，哪里都不去，就这么一直睡下去是一件非常惬意的事。她发现自己在不到一年的时间里变得疲惫不堪，心理老了很多。她果断起床，带着自己那点可怜的积蓄走进了超市。她买了足够两个月吃的粮食和零食，还有各种杂志和俄文的言情小说，那是她唯一会的外语。她还买了一台红色的笔记本电脑，提着大包小包，哼着歌像个富人一样走进家门，这样一过就是二十几天。杂志在三天后被她扔进了垃圾桶；同样，让人无法信以为真的言情小说在十几天后被她放到了浴室的梳妆台上。从早到晚，她拿着遥控器不停地换台，到了晚上就坐到电脑前。因为第二天无事可做，她最近一直玩到后半夜，然后拖着疲惫的身子钻进被窝，一觉睡到大中午。

昨天她就是这么过的。今天拖鞋不见了，弄得她心情很低落。她光着脚找了半天才发现自己还没吃东西，赶紧往厨房走。她现在没有一点食欲，找拖鞋耗尽了她的全部精力，使她又开始莫名地生气，可是没有力气喊出来。

她努力安慰自己："算了，算了，那双破拖鞋早就该扔了。"虽然拖鞋几乎是新的，但她努力让自己相信它已经很旧。她马马虎虎地给自己煎了一颗鸡蛋，吃了一点，又坐到了电脑前。不一会儿，脚上开始有阵阵凉意。过了两三个小时，她很不情愿地站起来，穿上了自己冬天的厚袜子。这样竟然比穿拖鞋还舒服。"去他个破拖鞋！"她气愤地诅咒那双拖鞋，继续盯电脑屏幕。

二十天，她哪儿也没去。

有一天早上，她看着自己许久没有洗过的头发和穿着厚袜子的脚，看着镜子里因为熬夜玩电脑熬成的熊猫眼，对自己说："是到了改变一切的时候了。"她立刻让自己行动起来，开始收拾已是一片狼藉的房间，把厨房里堆得满满的各种厨具和包装盒收拾干净，提着垃圾出了门。秋天早已袭来，五颜六色的树叶在前面迎接她。

扔了垃圾，她在走廊里站了很久。其他人都在忙碌，孩子们也不像夏天那么淘气了，他们已不再打闹，也不看彼此一眼，像比赛似的忙着什么，真奇怪。她看着马路上的车流、像在等待什么的一排排老房子、从老房子那边升起的太阳、正在匆忙挪动的白云以及无情地抖落叶子的树木，自言自语道："没意思！"她想让自己和这个纷乱的世界隔绝起来，哪怕时间很短暂也好。她回到屋里，关上房门，上了锁，又走到电脑前。

第二十五天的早晨，她比往常起得早一些，进厨房吃了点东西，回头看看自己的小屋子。小屋子……天啊，她简直不敢相信眼前的一切，她红色的宝贝不见了。她惊叫了一声后才完全清醒，迅速扫视了一下小屋子，然后小跑着去大屋子里找，还是没有找到。

女人没再找，而是一屁股坐到了地上。她就这样在地上愣愣地坐了近半个小时。回过神来，她才轻手轻脚地再次走进那间小屋子里。她把被子翻了又翻，找遍了床下和衣柜里，甚至生气地翻开了那蓝色的方形地毯，然后去厨房、去门楼里找，最后连浴室都没放过。她红色的笔记本电脑的确不见了。她跑到阳台上，拼命地大喊了一声。

她已经有一个月没出门了。

没了笔记本，她的脾气也变得古怪，动不动就破口大骂，无缘无故地踢东西，做着饭突然会把碗筷往墙上摔。她不再去阳台，连电视也很少看了。她整天待在屋子里来回踱步，书拿起来也不读，拿着遥控器也不用。她打开衣柜开始试衣服，最后一件都没穿，统统都扔了回去。

又过了七天。

有一天早上，她突然感觉有些冷。她很不情愿地睁开了眼，发现自己正一丝不挂地躺在床上，被褥和窗帘都不见了，就连那个蓝色的波斯地毯和稍稍值钱的东西都没有了。她愣愣地看了半天才明白这里发生了什么，浑身颤抖起来。

她又冷又害怕，失魂落魄地走到衣柜前，打开一看，眼前一下子就黑了。衣柜里的衣服全都不见了。

第二天，她发现没有吃的了。她不清楚粮食是自己吃光的，还是被人偷了去。她赤身裸体地坐在厨房里，这一整天都没有动。到了晚上，她努力站起来，走到大屋子的沙发跟前，像猫一样蜷缩着过了一晚上。她太冷了，根本无法入睡，夜里被冻醒了好几次。

时间又过了两天。这一天，她睁开眼就发现了情况不妙。她蜷缩在那里正等待着什么。过了一会儿，她才艰难地站起来去厨房。喝口水也好，可是……

在去厨房的路上，她看到了此刻镜子里的自己。她被自己的模样吓坏了，大喊一声“天啊”便走到镜子跟前。她发现自己乌黑的长发、眉毛、睫毛都已不翼而飞。

镜子里的女人脸色苍白、消瘦得可怕：没有眉毛和睫毛，头上光秃秃的，让人不忍看下去。她用尽最后的一点力气砸碎了那面镜子。

满地的碎片映射着她萎靡不振和赤裸裸的样子。她想大喊一声，却发不出任何声音；她想大哭，却哭不出一滴眼泪。

“我的声音和眼泪恐怕也被偷走了吧？”她这样绝望地想。

“不管是谁，不管是谁，进来吧，放马进来吧，天啊！”她第一次希望有人进来，开始虔诚地祈祷。她知道不会有人来。她踩着满地的玻璃碎片随时准备去开门，却没有一点力气。她水也没喝，颤悠悠地走到沙发跟前，倒了下去。

夜里她好像听见有人在敲门。她用尽全身的力气，像猫一样一跃而起，跑过去开门。根本没人，寒冷和黑暗像要吸走她，正在静悄悄地扑过来。

女人艰难地关上门，房门没有上锁。她一屁股坐在地上号啕大哭起来，这是她第一次哭，而且哭了很久。她哭起来没有声音，没有眼泪，就连肩膀也不颤抖了。

她想起自己的父母、朋友、故乡，曾经喜欢过的男人，可这一切都朦朦胧胧，不成体系。“难道我的记忆也被偷走了吗？”

第二天醒来，她发现自己又少了一样东西，却不知道少的是什么，应该是器官或内脏吧。她怕一起身就会有巨大的疼痛袭来，却发现竟然没有了痛觉。她庆幸自己没有感到疼痛，心中燃起一点光亮和希望，起身去厨房喝凉水。

她觉得心里空空的，有气无力地摸着自己渐渐残缺的身体熬到了晚上，走到沙发前陷了进去。

“明天不知又会少什么？”她这样问自己，不知道自己失去了什么，剩下的东西她也一无所知。

第二天醒来时，她觉得自己变得轻飘飘的，小偷一定偷走了她的某个器官。她现在已经不能焦躁、厌恶和苦闷，就那么悄无声息地起床了。

那天晚上，女人收到了从门缝里塞进来的一封信。她已经忘记了刚才的惊喜状态，望着信封在沙发上坐了近一个小时，然后小心翼翼地拆开漂亮的黄色信封。

信来自炒她鱿鱼的那个老板。老板希望她回去工作，说代替她的女员工好吃懒做，上班经常迟到。那封信她反反复复读了很久，然后站起来走向阳台，她都好几天没来过阳台了。她的光头在风中感觉有些冷，她颤抖着在阳台上站了一会儿。楼下的人们依旧在忙碌。

“想跟别人不一样，怎么就那么难呢？”这个问题她像在问别人，也像在扪心自问，可没有人回答她。她决定重新回去工作。

她的房间又恢复了原貌，一样东西也不多，一样也不少。梳子、洗发水、拖鞋、镜子、碗筷、盘子都有了新的，她还买了一台新的笔记本电脑，能买的东西都被她买了回来。现在她经常早出晚归，再苦再累也不会抱怨。现在她很少想起家乡，日复一日、毫无新意的工作完全控制着她。

过了冬天和春天，经过夏天之后又是秋天了。她长出的头发比以前的更好看。她还在忙碌着。有时候她也会失眠，在床上辗转反侧时也会问自己：小偷到底偷去了她的哪个器官？

2008.10.2

女人男人

女人回过头来微笑。男人亦报以微笑。女人放慢了脚步。男人走过来与女人并肩走到一起。

“这是我的房间号!”女人说着,在手掌上写了“1357”这四个阿拉伯数字。男人的眼睛一下子亮了,他愉快而急切地笑了一下,赶紧说了一声“OK”。女人先走了过去,好像有人在拽她的衣摆似的,她回头,看见男人正摊开双手和旁边的人聊着什么,其实他的双眼一直跟着她,一下也没离开过。女人一路小跑着回到了宾馆。

女　人

她出差在外已经十几天了,近几年来这是她第一次到这么远的地方出差。老公把她送到机场,吻了她。她看得出来早起的老公此时困意十足,没说几句贴心的话便转身走了。女人知道会是这样的结局,用撒娇的口吻唤了他的名字。他回过头来,搂住她的腰,小声问道:“怎么了?”

“你不说点什么吗?”女人的话语很轻,但也不像在开玩笑。

“别撒娇了!”老公带着怜爱的口吻这么说了一句,吻她的脸,又在她的脖子上来了一个长长的吻。他用头靠着她,熟悉的气味弥漫开来。他闭上眼睛不再说话了，想就这样相互拥抱着，把头贴在她胸口沉沉地睡去。

“好了好了，你回去睡吧，估计你都迫不及待地想要钻进热被窝了吧……”女人了解男人，她的这句话听着有点严肃，其实充满了爱。

“多穿点，别着凉了。带风衣了吧？可不能着凉哦！”男人这么说了两句，再次吻了她，便回头走了。

一切就这样开始了。女人还记得男人的叮嘱，不过现在还真有点冷了。对，一切都是从这个发冷的感觉开始的。

透过机场的玻璃，女人看到她的男人坐上车，然后从车窗探出头来往天上望，看天气会不会延误航班，突然像想到了什么，点了点头，匆匆忙忙地开车走了。现在她想的不是离开了她的男人，而是接下来的十几天怎么过，以及他们一起度过的十几年。

当飞机从她的祖国缓缓起飞，又在异国他乡轻轻落地时，她想的都是关于他的事。他时常围着生日那天她送他的羊绒围巾。想到这些，她笑了。她这才想到把自己的围巾和保暖衣都忘在家里了。

“我可真是个大笨蛋，竟然把保暖衣忘在家里了，这下该穿什么？”她又想起忘在家里的还有那双适合春秋两季穿的低跟靴。“我满脑子想的都是些什么呀，昨天不是把行李检查了一遍吗？要是衣服没挂上去就好了，大不了会有几道褶子而已。明明都放进拉杆箱里了，还要拿出来挂上！我可真是个傻瓜，今天早上起床后，明明进了那间小屋啊，怎么就没看到挂着的保暖衣呢……我可真是个糊涂虫。可怜的，我怎么变得这么健忘了呢！真是个大笨蛋，糊涂虫！”

女人骂够了自己，突然想到老公那句发自肺腑的“别着凉了”，那种温暖和关心叫她感动，接着又想起了关于他的点点滴滴。

“每次出差他都给我带礼物回来，我这个人……好了，回去之前总会有时间逛商场吧，这次我给他选一个漂亮的……”

女人反反复复地想着要给老公买什么礼物。

飞机落地时，外面正在下雨。她用好奇的眼光看了看异国的阴天和滴滴答答的雨，跟随两位接机的韩国姑娘坐上了黑色的长轿车。那两位姑娘举着写有她英文名字的纸牌子大概等了很久。

女人们很快就彼此熟悉了。一个活泼、可爱的韩国女人用被称为konglish的英语快速地说着什么，把她的思绪从她老公那里拉了回来。这四五个小时里，她的脑海里都是他。在去市里的路上，女人们约好一会儿一起用餐。

第一家餐馆人满为患，她们只能换一家。大概是第二家餐馆没有她们想吃的东西，两位韩国女人叽叽喳喳说了一通，准备再换一家。第三家餐厅里挤满了前来避雨的人，她们只能继续找第四家。两个韩国女人打着伞，客客气气地跑前跑后，可是女人能够感觉得到她那双合脚、舒适的布面拖鞋现在已湿透，冰冷的雨水正刺激着她的脚趾。一着凉她就会犯老毛病，可是为了前面这两位热心的姑娘，还是跟着她们在外面走了整整一个小时。雨水打湿了两位姑娘的裙子，她们的皮肤也显露出了本色。她们用手接住雨水，大声嬉闹着，引得周围的男生频频回头。女人也跟着她们笑，可病痛正在折磨着她。

“完了，今晚我死定了……”

雨下得更大了，像是在印证女人的担心。她开始瑟瑟发抖。可是她一点都看不出来那两位女人有一点点冷的迹象，似乎对她们来说，这刺骨的冷雨是热水。

最后她们选了一家餐厅坐了下来。女人伸出颤抖的手接过一杯饮品，但那不是她在祖国喝的那种热腾腾的奶茶，而是一杯冰水。她很失望，不过还是用嘴唇碰了碰杯子以示礼貌。

进了宾馆的房间，她看到那间富丽堂皇的房间显得更加空荡荡。她想到自己要在这里度过漫长而又痛苦的一夜，是的，今晚她必定会疼痛难忍，这样的疼痛会持续一整夜，这一点她再清楚不过了。折磨了她十几年的老毛病每次再犯时，她都会整夜整夜地无法入睡。如果在家里就好了，他会紧紧地抱住她，用手握住她的双脚，轻吻她因为疼痛而变得有些狰狞的脸，在厨房和卧室之间一路小跑给她送来热水和镇痛药，这样能多多少少安慰一下她。可是现在……这里没有谁，在她疲惫时没有与她共同承担的人，连那些难以下咽的镇痛药都没有。都忘在家里了，别说药，那件保暖衣不也忘在家里了吗？

进入房间还不到三个小时，她就开始被病痛折磨了。她很清楚自己的身体，带着恐惧迎接着即将袭来的疼痛，无精打采地上了床。飞了五个小时，加之一大早便起床去机场，她早已有了沉沉的困意，可是一点都睡不着，在床上痛苦地呻吟着，用自己的一身冷汗迎来了天明。

熬过一个晚上，她像度过了一百年。刚准备起床，她便听到有人敲门，昨天那两位女人中的一个在叫她。她匆匆忙忙起床，简简单单地化了妆，跑出了房间。她都没想起来为这次会议的开幕式特地准备的正装，拿起昨天在雨中穿过的，已有些皱褶的黑色短裙，打开拉杆箱，从最上面拿了网状薄披肩披上，穿上所有能保暖的衣服走出了宾馆。外面很热，阳光很刺眼。

男　人

刚下飞机，他便看到黑头发黑眼睛的两位韩国女人举着写着他名字的牌子，笑了。他的祖国也有不少黑头发黑眼睛的姑娘，不过他却来自金发碧眼的国度。他年纪轻轻，却在自己的国家享有诸多盛誉，是一位前程似锦的男人。他是一家拥有五家子公司的集团经理，在这个位子上已经干到了第六个年头。虽然是公司领导，可他看起来就像个整日游手好闲，每天背着旅行包到处走的背包客。

登机时，他的祖国好像也是这样一个雨天。看到目的地也是雨天，他的心中有一种莫名的愉悦，似乎这场雨能够给他带来好运。他跟随前来迎接他的女人走出机场，望着天空深深地舒了一口气。他回头时看到机场玻璃门的那边站着一位高挑、漂亮的女士，也看着雨天沉浸在她的世界里。那位女士穿着夏天的布面拖鞋、黑色的短裙，正闭着眼睛张开双手接着雨滴，似乎整个世界都与她无关。他正看着她出神，她突然回过头来看见了他，一扫刚才的可爱，正了正脸，与他擦肩而去了。看到她拉杆箱上的文字，他断定她不是韩国人。男人看着女人的背影，笑了。他希望她可以回一下头，可她没有。男人看着她渐渐消失，从后面打了个口哨。在接下来的十天里会发生什么呢？男人想了想，径自走进黑色的轿车里。韩国女人递给他一份会议材料。

到了房间，他站在窗前往外看，然后边走边穿上薄雨衣走出了房间。他看着撑起五颜六色的雨伞走在街头的黑头发、白皮肤的人群和迅速开过去、溅一地泥水的汽车发了几分钟呆，不慌不忙地走向一条巷子。

对他而言，这里的一切都很稀奇。他的祖国也会下雨，但雨水不会这么冷。在国内的时候，他从不披雨衣。他从小就喜欢雨，喜欢淋雨。他擦着脸上的雨水缓慢前行。出国之前助手告诉他，在韩国必须带好雨衣或雨伞，说被“韩国雨”淋湿一次，会掉不少头发。在他的家乡，雨水是有助于头发生长的。小时候，妈妈常常接雨水给他洗头。他那里的人都知道，雨水洗过的头发会变得柔顺、飘逸。

他走进街边的超市找了好久，商品的包装上都打着英文，找了半天才找到一家用拉丁文标注的超市，买了两瓶德国啤酒。他顺着巷子走了一会儿，从衣兜里找出写有酒店地址的卡片，挥手叫了一辆出租车。在出租车上，他看着被雨水打湿的裤腿和凉拖内的脚趾上被雨水打湿的黑色长脚毛笑了，拿出一直随身携带的墨镜戴上，照了照镜子，又放了回去。

回到房间，他享受了那两瓶啤酒，然后便美美地睡去。

女　人

女人觉得开会时间过于冗长，不时地看手表。此时，病痛正折磨着她，她已无暇顾及周围。与会人员戴着耳机坐在自己的位子上，看似在认真地听着那位韩国男士的演说，私底下都打着哈欠，显然他们对会议的内容也不感兴趣。他们静静地坐在那里，完全出于礼貌。接下来与会人员一个接一个地站起来发言。女人希望自己能够给与会者留下一个谦和、友好的印象,可她知道自己这次做不到了。她没想到自己千里迢迢跑到这里来,会参加这么一个无聊的会议。病痛再次袭来时,她努力分散注意力,想到了自己可爱的孩子。“忘掉,忘掉,必须忘掉。忘掉我的病痛,忘掉这世界和这些瞬间。一切都会结束的,这样我就可以回家了,也不疼痛了,我就舒服多了。”她虽然努力地想着自己的孩子,可因为失眠和疼痛,变得头昏脑涨,完全没有听进去坐在她旁边的那位韩国女士微笑着说了些什么,当然也没有回话。她努力使自己摆脱痛苦,睁开布满了红血丝的眼睛,看着她勉强微笑了一下。

午休之后到了她发言的时间。她坐到了阶梯式会议室的第一排。此刻她只想着一个问题:“快点,快点,快点,赶紧让我回房间舒舒服服地躺一会儿吧。”与她在一组发言的其他四位外宾过来之后会议才开始,比原定时间晚了半个小时。那位温柔的韩国女人第一个向她提问。女人看上去风平浪静,心里却一直在说:“哎哟,我要死了,快点,快点,我要死了。”有人向她提出第一个问题时,她很不情愿,但知道此刻必须做出回答。听了韩国女士提出的问题,她已没有一点兴趣回答。

“我倒是有一个问题,今晚有人一起喝酒吗?”

刚一说完,她就感觉到了不妥。

会议室里一下子安静了。主持会议的女人变得目瞪口呆……瞬间,周围的一切都被恐怖的安静占据,之后一改之前的严肃氛围,会议室里的灯光被调亮,来自世界各地的青年与会者看着彼此,大家都笑出了声。会议的纪律完全被扰乱了。

女人感觉会场里的男男女女都在盯着她。其实她并不想这样引起大家的注意。这一天她都过得浑浑噩噩,昨晚的疼痛让她觉得,找两三个人一起开开心心地聊一聊,喝得酩酊大醉或许能赶走疼痛,没想到就这么随口说出去了。话音刚落,她自己也被吓了一跳。有一位哲人曾说过:“应三思而言,因为思想可以转化成语言;应谨慎发言,因为语言可以转化成行动。”小时候,她把这句话抄写在自己的日记里。一个健康的人摘抄名人名句属正常行为,今天她在病痛的折磨下才不小心说出了这么一句话。不过能不能转化为行动,就看今晚了。

首先是坐在她前面的那位男士举起了手,接着旁边的四五位男士也相继举起了手。与会人员看到他们都笑成了一团。女人也勉强地笑了。

直到会议结束,她仍是全场的焦点。她也不希望这样,可终归还是熬到了会议结束的那一刻。“熬”是她想到的词汇。女人每说一句话,与会人员都一起鼓掌,一起大声地笑。她能感觉得到男人都投给她温暖的目光支持她,而那些女士则用讨厌的眼神盯着她。无所谓了,反正女人讨厌女人也算正常。男人就不一样了,他们喜欢一个喝酒的女人大过于喜欢喝酒的男人。“一言既出,驷马难追”,她只能继续扮演滑稽的小丑,直至会议结束。

会议结束后,男士们一一走过来,与她握手相识。她强忍着病痛,保持着脸上的微笑,像什么都没发生过一样与每个人握手。与最后一个人握完手之后,她便飞奔向宾馆。上了床,她回想起刚才发生的一切,突然感觉自己的淑女形象更像是一种假象。这时病痛再一次袭来,就像有人拿着刀子割她身上的肉,又像猛兽的利爪在撕她的内脏,她开始发出痛苦的呻吟在床上打滚。在会议室里引起他人注意的女人现在成了一个楚楚可怜的东西,连擦去眼泪的力气都没有了。

男　人

他从梦中醒来,哼着歌走进了浴室。从浴室里出来,透过宾馆的窗户看了看晴朗的天,去餐厅吃了早餐。看到服务员温柔的微笑和友好的服务态度,他情不自禁地吹起了口哨。在他看来,女人不漂亮就可爱,不可爱就神秘。他微笑地跟人们点头,吃饱之后走出餐厅。亚洲女人比欧洲女人更友好,笑容更好看,看着她们,他似乎也变成了另一个人。今天他打算一个人步行去会场。

走进会议室,他扫了一眼,走到自己的座位坐下来。他习惯性地把脚放在前面那把椅子上，嘴里嚼着口香糖，双手搭在胸前。无聊的会议开始了。他毫无顾忌地打着哈欠，还认识了坐在旁边的那位法国女人。看起来学识颇高的知性女人对他表现出了异常的友好，想要认识他。她没有商务人士特有的那种有棱有角的性格，而是像一位老师那样温暖、知性。

突然有一个亚洲女人在发言席上说，今晚有人一起喝酒吗？他抬起了头。一抬头，他便准确无误地认出了她就是在机场微闭双目，摊开双手像孩子一样微笑的那位女人。那位黑头发黑眼睛的女人看起来和韩国女人没什么区别，不过性格、眼神和微笑都和她们不一样。他开始认真地听那位女士的演讲内容。她很犀利，也非常自信。

“今晚有人一起喝酒吗？”听到这句充满诱惑的话，他便举起了手。不过他马上看出这位亚洲女人并不是真的想喝酒，而是她排斥和反对一些东西，才说出了这样的话。走出会议室，他还觉得那个女人不错。他在门口等她，想递一张名片给她，又看到来自各国的男人们围着她在热聊，便对这件事没了兴趣，径自走了。

女　人

会议一结束，她便觉得天旋地转，回到房间倒在床上。只能跟会议主办方请假了，她咬着牙坐起来。她能感觉得到作为会议主办方之一的韩国女人看上去是在认真而耐心地听她说话，实则带着一肚子不满。她觉得无论自己说什么韩国女人都会无动于衷，所以就提高嗓门说了一句：“赶紧领我去药店吧，马上！”她等了整整一天，对方没有做出任何回应。她觉得自己在会场上说的那句话一定得罪了主办方，他们才这样故意冷落她。疼痛再一次袭来，女人疼了一天一夜。第二天清晨，她带着红肿的眼睛用冷水洗完脸，穿上了衣服。她已经连续两天没有睡着了。

上午她又去找主办方，等了半个小时，终于等来了接机的那个女人，那女人带着她一起去找药店。韩国女人不会用英语描述医疗类词汇，还是一个典型的急性子。身为翻译的她无法理解病人的疼痛,只能站在女人身边,偶尔报以礼貌性的微笑,叫病人看了非常无奈。韩国女人左顾右盼,嘴里不停地嘟囔着什么,叽叽喳喳了半天才给她取了一个长长的塑料袋,里面装着药片。女人取了药,便当着翻译和药店工作人员服了下去,都没用水。她做好了一口气服下那三十几片药的准备。很显然,她们并没有找到对症的药,所以药效平平。不过这样也比干等着疼痛自己消失好一点。

她想到了自己的爱人和一旦她生病就带着恐惧的眼神守在她身边的儿子。对于病人来说,理解的眼神、温暖的话语和亲人在身边手忙脚乱的样子比药物更重要……可她现在没有这些。她现在在一家宾馆的略显寒冷和空荡荡的房间里,在一张大床上时而蒙住头,时而又掀开被子,悄无声息地哭泣着又度过了一夜。这一夜,她又没合眼,这已经是她的第三个难眠之夜了。早上有人敲门,她强忍着起了床。她已向主办方申请了多次,可他们依然无动于衷,表面上的礼貌、热情掩盖不住他们内心的敌意。她知道每一个人都用自己惯有的角度考虑问题,他们现在都用异样的目光看着她。她决定继续参会。一千年般漫长的黑夜,伴随她的是疼痛、回忆和瞬间的休克。三天,已经三天没睡了。一起床,她就感觉到呼吸困难。走出房间,她看到主办方的那个人用冷冷的眼神盯着她。她身上突然有了一种神奇的力量,让她昂首挺胸地走进了会场。

男　人

散会后,男人和法国女人一起回到宾馆。他们像故友,聊起了亲密的话题。总有些人一见如故,也有些人,在一个单位里共事十年也说不上一句话。或许是因为缘分和机会,有些人能够迅速打开他人的心扉,还能够跳进别人的心房。法国女人就是这样的人。男人很快就把那位亚洲女人忘得一干二净,跟这位比她漂亮,有修养(从名片上看是这样的),还可能更有性欲的法国女人如胶似漆地在一起。刚下飞机时憧憬的愿望或许就是她了。他们一起散步,一起进餐,聊着与会的男男女女。

他回到房间便倒在床上,沉沉地睡了一会儿,直至午夜时分才醒来。他和法国女人共进晚餐时,没看到那位亚洲女人。晚餐后,主办方邀请大家去酒吧免费喝啤酒和威士忌。来自世界各地的人们很快就彼此熟悉了,三三两两地坐在酒吧的角落里开始喝酒、聊天。他扫了一眼酒吧,没有看到那位"嗜酒"的亚洲女人。不过他很快就忘了她,回答了法国女人一个又一个刺激、有趣的问题。男人的这一夜过得愉快而充实。最后,他牵着法国女人的手走出了酒吧。

女　人

到了第四天早上,她的疼痛稍稍好了一些。她身上连续的疼痛少了,不过阵痛还没有结束。女人平时炯炯有神的眼睛如今已失去了光彩。她强忍着疼痛,在主办方一次又一次的敲门声中完成会议的每一项活动。她知道无论是在会场里还是在房间里,疼痛都不会减少,索性就在会场里接受疼痛。她不想再成为大家关注的焦点了,只能静等一切都过去。是啊,静等!静等疼痛慢慢消失,静等疼痛和痛苦投降。是的,只能静等,她别无他路。等待是人类的优良品格,也是最差的品格。她不得不承认,为了等待,她只能让别人看到另一个自己。其实,她不是一个对自己非常严格,时刻倾听内心呼唤的人。她很久以前就认为,病人就是特殊的人。有哲人说过:"被病痛折磨时,人们才会恢复本来的面目。"不过她不同意这个说法。因为过分的疼痛会让人丧失理智,而丧失理智的"我",也就不是真正的"我"了。所以病痛袭来时,她也喜欢观察与她没有任何关系的那些人。她能够感知病痛袭来时存在于内心的呼喊、暴躁和哭泣,但她更愿意相信这不是命运的牵绊,而是上帝的礼物。对于一个理性的人来说,病痛是一种集训,是个人内心的改变和成长。可是,当病痛真正袭来时,不要说这些哲学问题,连骂一句脏话的力气都没有。慢性病对人而言的确有教育意义。她偶尔也会感谢让她学会了忍耐和坚持的病痛。只不过这一次,她真的无法把“魔鬼的折磨”当成“上帝的礼物”了。这次她彻底进入了无奈和绝望的境界。之前她只在乎有多痛,并没有在乎过疼痛时她会在哪里。是啊,哪里。“哪里”也是疼痛大小的一个因素。比如,在老公身边,再疼痛,她也不会绝望。这次在异国他乡的疼痛,不仅让她绝望,而且她自己都觉得自己很讨厌。病痛袭来时,她感到周围的一切都与她无关,一切都没有任何吸引力,每每如此,寒冷会袭击她的全身。疼痛时的生气和平时的生气大相径庭。她开始冷漠而不屑地对待周围的一切。她无法预测改变她的这次病痛会把她带向何处。第四个晚上,她终于有了一次短暂的睡眠,但那次睡眠的时间太过短暂,不要说恢复精神,就连基本的放松也没有做到。她用来自灵魂或内心的眼神感受着周围,在短暂的睡眠之后便再也睡不着了。

男　人

他在异国他乡已经待了四天了,这四天来他什么也没想。他不知道将来会发生什么,但知道该发生的总会发生。他发现时光不是在一小口一小口地品自己,而是像喝凉水一样,“咕咚咕咚”地灌了下去。对他而言,身在哪里都不错,无论是在自己的国家还是在国外。他很年轻,热爱生活,喜欢生活的酸甜苦辣。他喜欢旅游、跑步、划船、踢足球、喝啤酒和逛书店,更喜欢尝试新鲜的东西。生活有时难免会苦涩,可他不会吐出来,而是闭上眼默默地咽下去。他并不讨厌自己小时候的清贫生活,同样也不把现在的富裕当成资本,更不会担心明天。简而言之,他是一个乐在当下的人。

到了韩国,他享受了之前从未享受过的东西。他品尝了韩酒,欣赏了美女,步行或乘车走遍了首尔。他逛超市,找到了很多能够帮助他发展事业的商业模式,这让他非常开心。开会时他和自己喜欢的女人交换了名片,和自己看不惯的男人们大吵了一架。他性格耿直,富有激情,生怕自己在有生之年完不成好多事,因此整天忙碌。他不会因为自己优秀就骄傲,但也会恰到好处地表现一下。看起来他像一个轻浮、一切只看表面的人,实则不是。在他年轻的心里住着一个整日眉头紧锁的老头,偶尔失声叫起来时,也会发出老人才有的声音。他的心里住着一老一少两个人,脸上却永远写着单纯、善良和友好。他不那么温柔,也不是带棱带角的男人。三十几岁的他经历过好多事,他的心里住着漂亮或平凡的两三个女人。

这次他没有刻意寻找爱和性,也不想推开走到他身边的猎物。他喜欢那位法国女人,她活泼又不乏理智,有了她,这里的不如意都随风而逝,留在他身边的都是美好。他们在一起享受时光,一起呼吸新鲜空气。他牵着她的手进入会场,不在乎别人说什么。他喜欢东方给予他的朦胧美,法国女人却给了他一切温暖,所以也就没怎么在乎那些黑头发的女人。时间一晃而过,眼看就要回国了。

女　人

没有永恒的幸福,痛苦亦是。在回国的前一天,女人不再被病痛折磨了。她辗转反侧,在半梦半醒之间想着老公温柔的脸庞。随着清晨的到来,她渡过了难关。夜晚又没能入睡的她像个老病号,咬着牙忍受了这一切。她明白伴随她的那个"随从"这次要离她而去了,长长地松了一口气。

她一大早就起了床,为了让自己清醒些,先用冷水洗澡,然后进入热水浴盆里坐了一个多小时。走出浴室时,脸上的疲惫基本消失了。连续几天的疼痛让她的身子变得很软,说话声也小了很多。她第一次去酒店餐厅,听着音乐吃早餐。

从宾馆里出来,她望着天空深深地吸了一口气。想到明天就能回去,加之今天不再疼痛,她感觉到浑身上下涌动着一股暖流,脸上有了到韩国之后的第二次发自内心的微笑。她微笑着散步,逛附近的商场,给儿子选礼物时突然想到她出国时带来的礼物还躺在拉杆箱里。她想在闭幕式之后举行的晚宴上把自己的礼物送出去。

这一天，女人觉得自己很幸福。她发现长久的病痛之后，随之而来的是不平常的舒心和放松。她对每一个与会的人点头微笑。大家都用异样的眼光看着她，她却并不在意这些。幸福有什么可隐瞒的呢？现在的她那么幸福，那么平静。她偶尔也会想今晚能不能安安静静地睡个整觉，为此暗暗祈祷着。她正努力驱赶着那些坏心情。她在异国他乡度过了自己平静的一天，在组织者的安排下慢慢走向举行告别晚宴的酒吧。

男　人

就这样到了临别前的最后一天。他以为绕过房间的转角就会有幸运降临。他明白这是他的青春期幻想出了一点偏差，也不会为此气馁。到韩国的这几天，虽然没有幸运降临，但也没遭遇什么厄运。他想起了昨天微醉后热情接吻的法国女人，面带微笑地走进了酒吧。

白天在会场上的严肃氛围现在完全改变了。年轻人三三两两地坐在一起，说话声变得很大，脸也红了起来。从角落里传来的舞曲震耳欲聋，让人感到天旋地转。在一闪一闪的灯光中，他仔细观察着周围，看到法国女人在朝他招手，于是不慌不忙地走到她身边坐下，礼貌性地抱了抱。晚会进行了一半，他让服务生给他倒了一杯酒。

此时，他突然看到了那位亚洲女人。

今天她一改往日的风格，披着长发，穿着一条传统却非常修身的长裙，在和她的金发女友边说边笑。毋庸置疑，她就是他几天前见过的女人，那个曾经吸引他，却不那么容易就能够联系的女人。她是一个看似温柔，却很倔强，还有些古怪的女人。今晚她显得格外快乐，分外漂亮。他们坐得不近，酒吧里灯光昏暗，所以他便坐在那里肆无忌惮地、不带任何顾虑地看了她一晚上。她今晚看起来很高兴，都笑出了眼泪。在节奏强烈的舞曲中，她凑近那位金发女友的耳朵说了些什么，惹得金发美女也哈哈大笑。他忍不住地想："这两位幸福的女人在聊什么？"女人们一直在笑,一直在笑。看着幸福的人,会觉得自己也很幸福。想到自己还没有和这位亚洲女人认识一下,他自卑起来。此时舞曲又换了一首。这次舞会也是由会议主办方安排的。他们要求酒吧里的所有人都站起来一起跳舞。

女人一改前几天冷冰冰的样子,竟然全身心投入地跳起来,好像酒吧里只有她一个人。他看着她,忽略了坐在他身边的法国女人。法国女人邀请他跳舞时,他才想起来身边还有这么一位。

他站起来,直接朝亚洲女人走过去。走近她,他便友好地笑了。女人也友好地点了点头,两个人一同步入舞池。是的,她是那位在机场显得与众不同的女人,是在机场抬头望着天空发呆的女人,也是在会议第一天严肃而单纯地问大家,今晚是否有人一起喝酒而一语惊人的女人。每晚大家一起喝酒的时候,她都缺席,也不跟任何一个男人示好,或者在一起。现在,她正用女人温柔的眼神看着他,面带微笑地跳舞。他能够感觉得到她对他有好感。

晚宴很快就结束了。十天的时间里,大家一起开会,一起喝酒,一起讨论,一起相拥,一起聊天,早已熟悉了彼此。他们说着道别的话,恋恋不舍地回各自的房间。

走出酒吧,他看到亚洲女人走在他前面,中间隔着几个人。法国女人跟一个男人大声聊着什么,你一言我一语地争论起来,别人都走完了才走出酒吧。

他紧跟着亚洲女人,生怕与她走散。她和她的金发女友边走边笑,不知说了什么,金发女人走过来在她身上轻轻地捶了一下,两个人笑成一团。他在后面也不禁跟着笑,停住了脚步。

亚洲女人突然回过头来看他,他们四目相对。亚洲女人已有了微微醉意,赶紧避开他的目光,跟他挥手打了声招呼便走了。他都没来得及跟她挥手。他想着女人脸上的微笑,失落地跟在她身后。他们在不同的宾馆,再走过一排白色的房子,他就到宾馆了。

他知道,一旦走进宾馆,他们就再也不可能见面了。大家各回各的房间,关门,上锁,一切就结束了。第二天,一个个走出房间回国,就此永不再见,永远……他懂得这样的偶遇和分别。想起这些,他长长地叹了一口气。他才发现,关于这个女人,至今他依然一无所知;在一起近十天的时间里,他从未走近她;明明喜欢她,却和另外一个女人粘在一起,而到了明天,他们就不得不分别;刚刚跳舞时,她明显地对他示好……周围熟悉的面孔都回去了。他看到在夜间恋爱的首尔男女都有白净的脸庞。当深深的寂寞袭来时,他变得无精打采,只能低着头默默地走路。

突然……他在茫茫人海中竟然看到了自己渴望已久的人。他的心跳开始加速,她似乎也听到了他的心跳,回过头来看他。在茫茫人海中她看到了他的眼神。女人的脸上浮现出微笑,男人报以微笑。女人停下来等他。他加快脚步,走到她的身边。与她在一起的那个金发女人在向宾馆保安咨询一些问题,问完之后就自己走了。主办方的几个人在宾馆正门那里追上他们,大家一起往回走。

"这是我的房间号,"女人说,在自己的手掌上写下"1357"这四个阿拉伯数字。男人的眼神亮了,赶紧说了一声:"OK。"

女　人

女人一回头,看到男人摊开双手饶有兴趣地在和法国女人聊天,眼神却一直没有离开过自己。女人一路小跑,回到了宾馆。

她原本想一醉方休,然后痛痛快快地睡一觉,没想到晚会就这么草草地散了。女人和刚认识的那位金发女人一起聊八卦,笑得前仰后合。回宾馆时,她开始害怕:若今夜还失眠,那该怎么办?

她有些日子没有这么尽情地跳舞了。大病初愈之后的光芒突然照亮了她,她知道所有人都在关注她。她不在乎这些,尽情地跳啊跳,放声大笑。几天以来,她第一次感到如此轻松。这一夜,她过得非常愉快,开开心心地走进宾馆。金发女友很喜欢跟她在一起,她们聊天,相互打闹着。她讲了个笑话,她们就再也忍不住了,哈哈大笑起来。她们压住胸口站在原地，笑得肩膀一抖一抖的。女人突然看到从旁边路过的韩国男人在用异样的眼光看着她，赶紧捂住了嘴。她看了看周围，看到在酒吧跟她一起跳舞的那个男人就在不远处，正无精打采地往回走。四目相对时，她收住笑容，朝他挥了挥手，然后继续往回走。

她突然想起了什么。

她回过头微笑，男人报以微笑。女人停下来等他。他加快脚步追了上来。

“这是我的房间号，”女人说，在自己的手掌上写下“1357”这四个阿拉伯数字。男人的眼神亮了，他赶紧说了一声：“OK。”女人先走了。她回过头，看到他正装模作样地在和几个人聊着什么，眼睛却没有离开过她。女人一路小跑，进了宾馆。

男　人

进了房间，男人再也坐不住了。关于亚洲女人的种种幻想填满了他的大脑，心脏似乎要打破他的身体跳出来。闭上眼，他的眼前皆是亚洲女人微笑着用右手食指在左手掌心上写下的“1357”。进了房间，他跳上床躺了一会儿，转眼间又站起来在窗户和房门之间急匆匆地来回踱步。他进浴室刷牙漱口，梳头发，然后故意解开衬衫上面的两粒扣子，跑出了房间。

他觉得从宾馆的这头走到那头需要很长时间。他按捺不住内心的激动，一次次地看手表，右转之后在宾馆走廊昏暗的灯光下数着房间号，行走变成了小跑。

终于找到了。以前，“1357”是一组再普通不过的数字。1357！一瓶酒、三棵树、五个手指、北斗七星。或者是一辆新车，想要一起睡的三个女人，五盘牛犊汤，七个房间。在某一时刻，“1”代表着独立，“7”代表噩运，“5”——五岁时奶奶去世，“3”——母亲无聊的结婚次数。“1357”这一组数字现在对他而言有了全新的意义，他微笑了。刚下飞机时希望的好运原来刚刚来临，而且来得如此轰轰烈烈。在幸运的男人面前，那四个数字看起来就像金阁寺，恐怖而又让人那么向往。他在嘴里默念了这四个温暖的数字，开始敲门。房间里没任何反应。早已过了开门的时间。他再敲。依然听不到来开门的脚步声。

他愣住了。只用了一会儿工夫，他便想明白了这意味着什么，却不为此生气，温柔地抚摸着房门，再一次轻轻地敲门。

正当他摸不着头脑的时候，电梯门开了，本应该在房间里等他的亚洲女人从电梯里走了出来。那张脸有一种魔力，又白又美，叫人欲罢不能。看到她的这张脸，男人笑了。他用带着问号的眼神看着她，没有说话。女人刚走过来，他便鼓起勇气牵了她的手。女人用无辜的眼神看了他一眼，没有说话。不谋而合！他们不说话，静静地看着正在打开的“1357”房门。门一打开，他们便像猜到一切的成人一样，默默地进了房间。

女　人

进了宾馆，女人乘电梯到十楼，跟自己的金发女友简短道别，再乘电梯上来，电梯门一开就看见他站在那里。

她看到他正用脸贴着房间的门，轻轻地抚摸着。她笑了。他至少小她五岁。面对比她小的男人，平时她都很端庄，对他却是个例外。

从共舞时他充满挑衅的眼神里她看出这个男人喜欢她，而她自己也很喜欢这个男人。舞曲结束时，她从他的眼神里看到了意犹未尽，自己也觉得就这么结束留有一点遗憾。除了自己的老公，她已经有十年没有用女性的眼光审视过一位异性了。

她不知道自己是不是在用女性的眼光看他，但能够隐约地感觉到自己想要温柔地对他，想要给他一些美好的东西。

从酒吧里走出来，她一眼看出了这位异国的男人欲言又止的样子。这让她在瞬间里慌了神，同时让自己礼貌地跟他挥手打招呼。

她向前走了几步，看到他的眼神像吸铁石那样紧跟着她，便回头微笑了一下。她的脑海里闪过一个念头，她想等男人走过来时，轻轻告诉他自己的房间号，又怕他听不到，所以才写在手上给他看。

他们进了“1357”房间，女人便进了浴室，释放了她因喝啤酒而撑得难受的膀胱，舒舒服服地靠着浴盆对面的镜子发了一会儿呆。

男 人

他明白女人为何一进房间就往浴室跑。她性格保守，还带着亚洲女人的羞涩，可女人毕竟是女人啊。她在害羞吗？就算不害羞，也会佯装害羞的。是的，她不是在害羞，是在做准备。不管是男人还是女人，此刻哪儿还有比浴室更适合“说话”的地方呢？

他扫了一眼房间。她的房间不像其他女人的房间那样井然有序，是的，这样就对了。他微笑着想，她应该不是那种连袜子都会叠起来的女人。十天来女人一直穿着一件墨绿色的裙子，而她的床上凌乱地放着她还没来得及换洗的各种衣服。男人奇怪地想：“她就自己怎么住着双人间？”那个法国女人住的是单人间，那张床太窄了。他收回这些无聊的想象，此刻正想着女人从浴室出来时怎样迎接。

“要坐在这里翻翻杂志吗？”男人这么想。“如果我靠窗户站着，距离就远了一些，她从浴室出来一定会不知所措，像个犯了错的孩子，不知道手应该放在哪儿。”他继续幻想着，坐在镜子前的椅子上，看起来有一点不自然。最后他决定脱了鞋，在女人还没有叠被子的深蓝色床上四仰八叉地躺着等她。“一个女人都这么主动了，作为一个男人，我有什么好犹豫的？”

浴室的门被打开，她出来了。可是……她并没有穿一套红色的贴身内衣或薄薄的白色睡衣，她的身上依然穿着在酒吧时的那件长裙，一粒扣子都没有解开。她的脸上没有任何兴奋的表情，她正奇怪地看着他。女人开始紧张起来。四目相对时一种尴尬充满了整个房间。看到躺在床上的男人，她友好地笑了一下，想要赶走这种尴尬的氛围。

女人有些不自信地迈着小步走到床前。男人也不自信地坐起来，拥抱女人。

女　人

十年来，女人第一次触碰其他男人的嘴唇。他们开始接吻。一双胆怯而温柔的手解开了她的裙子，他小心翼翼地带着她钻进了被窝。女人知道自己在做什么，也怕完全明白。

是啊，从浴室里出来看到镜子里的他，她便知道自己犯了错，犯了一个大错误。她完全没有想到，也没有准备和这位仅有好感的男人上床。他带着祈求、后悔和不舍的眼神和她在走廊里相遇时，她只是想和他挥手道别。把他叫到自己的房间来，也不过是想送他一个自己带来的礼物而已。礼物只有两份，她生怕别人听见，所以才悄悄告诉他自己的房间号。每次出国，她都习惯性地带上两三个皮偶，送给自己喜欢的朋友，或者用来交换礼物。今天早上她刚想起这次出国带了三个皮偶，翻箱倒柜找出来，发现其中一个被压得变了形，索性就拿出来扔进了垃圾桶。剩下的两个皮偶，她也不好带回去，所以想送人。

从酒吧里出来，她便把其中的一个给了金发女友，让她送给自己的孩子。她发现房间门口有男人等她，问她的去处时，她没有作答，只是微笑了一下。可是万万没想到……

她还没来得及把礼物拿出来，他却抱着她如饥似渴地吻了起来。

接吻时她突然想到了自己的老公，差一点就落泪，温柔而礼貌地往外推了一下男人。男人却觉得她是在做样子。他开始吻得更猛烈，更富有激情了。她知道现在已经到了不可控制的地步，也觉得眼前的这个男人可怜，就勉强地配合他。激情的接吻，意外的相遇。他没有入驻过女人的心灵，却想要拥有她温热的身体。他很年轻，见过无数个裸体的女人，却从不知道什么是赤裸裸的心。

他急于求成,动作几近疯狂。女人突然觉得这样的激情也很美好。就连她的老公,也很久没有给过她这样的感觉了。这是怎样的开放,怎样的感受！背叛给予她的激情和无聊的欢爱给予她的幸福,女人都害怕接受。

是该做出决定的时候了。

男人熟练地解开了她的胸罩,轻飘飘地说了几句“你真漂亮”“你真可爱”这样违心的话,就把她推倒在床上。女人虽然紧张,但还是非常理智。她要争取时间让自己冷静下来。接着,她说了这样一句话:“不,我并不可爱!”

默不作声的女人突然说了这么一句话,他着实被吓到了。

“我并不可爱!”

女人用颤抖的声音重复了一遍,看着他。

“你在说谎……”

在昏暗中她看到男人笑了。他以为这个可怜的女人正等待着更加浓烈的赞美。

“怎么？你怎么就没发现呢？你真的很可爱!”

女人不想和他争论,叹了口气说:“不,不是的,我不可爱。”说出这句话的时候,女人想的是:“我真的可爱吗?”她前几天连续失眠,疼痛依然伴随着她。不过她依然很友好,没有做出任何反抗,让他继续吻着。

“病痛折磨了我十年。我有老公,我爱他。我有孩子,我无比爱他。你好好听我说,要试着理解我。我从未欺骗过他,他爱我,很爱很爱……希望你知道他的爱有多深。我患有神经衰弱症,来这里之后基本没有睡过觉,病痛一直折磨着我。为了麻痹自己,我不在乎跟谁喝酒。不管患病还是健康,我喜欢让老公拥着我睡。来这里之后,我在冰冷的床上被折磨了整整九个晚上……你有过这么多失眠之夜吗？我的天啊,你还能想得出来比这个更大的痛苦吗？我对你有好感,却从未想过和你做爱。我只是想枕着你的手臂,听你讲话,然后慢慢入睡,就这样睡去。我只是想送你一件小礼物,那是个皮偶。动一动它,它就可以给你跳舞。它虽然不那么可爱,但是很耐用。收到它的人,都非常高兴。是的,年轻人,我只是想送你个礼物,没想把自己的身体交给你。我不是你想象中那种大胆、主动、善于交际的女人。看到你躺在床上,为了不让你伤心,我没有打断这美丽的错误,才和你相拥。在那一瞬间……为了不让你留下遗憾,为了缓解你随意躺在女人床上的尴尬,挽回你的名誉,我才任由你脱去我的衣服。我不想和你做爱,只想依偎着你睡去。静静地……像死去一样沉沉地睡去,感受着你的体温,只有一个夜晚也好。没有噩梦打扰,让我沉沉地睡去……我们可以只睡觉吗?相互依偎着沉沉地睡去,比什么都好……"

女人想把这些都告诉他,终归还是没有开口。

她虽然早已过了听"你真可爱"这样甜言蜜语的年龄,依然觉得抱着她的,是个好人。在接吻过后,有些事情必须果断解决才可以,所以她用尽浑身的力气,轻轻推开他,长舒了一口气,说:"这两天我不是很方便。"声音的硬度把自己也吓了一跳,接着她用温柔的声音少女般喃喃道:"我怕,怕……"她不是故意装可爱,也没有表演给任何人看。她发现自己成了一个无比懦弱的人。

他也被她这句话吓了一跳,不过已经不得不尴尬地接受这样的结局了。他沉重地想,估计是他的某一种东西,比如身体或气味不能让这个古怪的亚洲女人接受。他依然保持着自己翩翩的风度,话语中依然带着爱和尊重。

他好像做出了重大的决定似的,叹了一口气,抱抱这位亚洲女人说:"我明天就要离开了。"明知道这句话可能不是真的,女人依然很喜欢听。他们谁也不说话,默默地躺了一会儿。他知道,他该起身走人了。

他们最后一次接吻。这次接吻点燃了他刚刚熄灭的情欲,而此时的她无比平静,甚至都闭上了眼睛。

"我要睡了。"女人轻轻地,发自肺腑地说出了这句话。

他温柔地笑着,吻了她的额头,说:"别忘了,你很可爱。"接着也不穿衣服,甚至连鞋都不穿,穿着他刚才差点脱去的内裤,轻手轻脚地走出了她的房间。

女人本来想说:“别让人看见了,把衣服穿上。”但她没有说出口。她深知刚才的举动会让这个男人觉得她古怪、难以理解甚至讨厌,或者给他带来一生的伤害。她的内心深处有人正在呼喊,刚刚到底发生了什么?但是有一个更强大的意识已经占据了她的全身:“睡觉,睡觉,睡觉。安安静静地睡,死一样沉沉地睡去……现在我只想睡,睡吧,睡吧,睡吧……就这样睡去吧。”她上了床便觉得自己像醉鬼一样,变得昏昏沉沉,重重地倒在床上。

女人早上起床才发现房门没锁。接连九个夜晚的睡眠积攒到一起,让她睡得死去活来,等一切归于平静之后,她想了想这几天发生的事。她可以毫无愧疚地去见她的老公,她蹚过了河水却没有湿身。不过这也没有让她自豪和骄傲。胜利来得太突然,如果换做别人,一定会在这场战役中身负重伤,一败涂地。她这才发现自己的心跳,从前几天就变得有些不规律。一个病人原来可以让全世界都患病。她打开拉杆箱,拿出放在最上面的皮偶,看着它发呆。当走出房间等电梯时,她心疼地紧紧握住了手里的皮偶,发现它已送不出去。她的另一只手拉着拉杆箱,进电梯时还在频频回头寻找着什么。主办方送走了所有的与会者,只在等她一个人。已到了晌午时分,韩国司机已疲惫不堪,坐在车里打着盹。她颤抖着把手里迷失的皮偶送给了韩国司机。它不应该是他的礼物。她看到司机愉快地接过皮偶,眨眨眼睛表示感谢,吻了吻皮偶的红嘴唇。看到这一幕,她再也忍不住,眼泪默默地流了下来。

男　人

男人从机窗向外看了几分钟,叫空姐送来靠枕,准备度过自己长达十个小时的漫长旅程。在飞机上消磨时间的最佳方式只有一个:睡。

他看了一眼机舱外的韩国,这里可能会有一个黑发女人因为他正在哭泣。他闭上了眼睛。“我明天就要离开了。”说过这句话的男人正想着亚洲女人一定走出了那扇留下回忆的房门，坐在送他来机场的那辆车上，在一次次地责怪她自己。是的，虽然他赤裸着身体拥抱过她，但她依然是个陌生的女人。这样想了几分钟，他便进入了梦乡。

十分钟后，空姐看到这位男人在睡梦中微笑着，看起来他无比安静，非常快乐，真让人嫉妒。

在他幸福的梦里，一个金发男人和一位黑发女人正在热烈地做着爱。

2009.10.15

手

早上醒来时，女人觉得下面湿湿的，便一跃而起看看发生了什么。顺着她的腿，流淌着殷红的液体。她下意识地用手擦了擦。新的一天！女人就这样带着血开始了新的一天。

“还不到来好事的时候啊，怎么提前了五天……”她觉得有些蹊跷。她走进浴室，站在微凉的花洒下，闭上了眼睛。

唉，水源自上天。

虽然水可以在草丛中流淌，可以从各种颜色的泥土中喷出来，可以在人的脚下、大地的某一处闪闪发光，可它的确源自上天。上天的一切都是圣洁的。

女人不喜欢正在顺着腿被冲走的殷红的液体，用刚才沾血的手玩弄着从花洒中流下来的洗澡水。她慢慢地，一遍遍地拈着水站了很久。刚刚还带血的手现在被她冲干净了。

女人从浴室出来后，光着脚走进厨房。她发现自己很饿，就像一周没吃东西一样。她拿起爱人在她熟睡时为她准备的面包，撕了一块塞进嘴里。那面包还热乎着呢。

面包源自大地。

面包的原料是来自蒙古原生态大地的麦粉。蒙古的一切都是新的。

最早，这里的每一朵花都是新的。人之将死，呼出的最后一口气也是新的。为生活的艰辛和困苦而眉头紧锁的年轻人也是新的。在这里，连每一块面包都是崭新的。

从一块面包上，她闻到的不是大地的味道，那味道来自人的手。女人用她白皙的手撕一块面包放在小嘴里吃，吃着吃着突然想到了她的母亲。

她缓缓地走到外屋，拿起电话准备与母亲通话。她修长的手指按下了八个数字。她手里的这部黑色电话……

啊，电话源自真空？

“妈妈，昨晚睡得怎么样？”她温柔地问道。

唉，母亲，母亲，母亲！这一切都源自水。

一旦女人的心里着了火，只有母亲才能熄灭它。只有水，才能把火浇灭。

“来我家吧，我给您做一碗可口的汤。”说完女人挂了电话。挂电话时，她发现右手的指甲折了。

“太可惜了，我那么小心翼翼地保护着才让它长那么长。看来下午非美甲不可了。”她很不情愿地这样想着。

她突然觉得有东西在“嗡嗡”叫，苍蝇！“它是从哪里冒出来的？”女人看到飞走的苍蝇，一跃而起，拿起人类专门为了对付苍蝇而发明的蓝色苍蝇拍，开始到处找苍蝇。

啪啪，啪啪。杀戮！苍蝇再怎么微不足道这也是杀戮，杀戮啊。她刚刚亲手断送了一条命。罪恶的手！女人觉得苍蝇黏黏的尸体有些恶心，便用卫生纸包起来，扔到了窗外。虽然活着的苍蝇能够看到自己死去的同胞在坠落，但是它们无法知道苍蝇死后到底会去哪里。说起来，生和死皆是同根生的吧。尽管没有人说它来自火、水或者上天，但它们的确来自同一个地方。

女人用她罪恶的手又撕了一块面包放进嘴里。

她勤快的手一直没有闲着。它给她的母亲倒了一杯牛奶，接下来给她盛饭，仅仅过了一会儿，又按下榨汁机的按钮。最后那双手给主人擦了擦嘴。

女人摆动着手走进小卧室。外面正在下雪，她静静地看着窗外纷纷扬扬的鹅毛大雪。她打开窗户伸出了手。

雪源自黑暗。

如果没有这样一场皑皑白雪，女人还能爱上白色吗？她看着落在掌心的一片片雪花，莫名地开心。那几片雪花选择了在她的手掌落下。是啊！雪花选择了接触过血液、水、面包，也曾进行过杀戮的这双可爱的手。现在，这双手上落着世间最可爱的精灵，它一落下来便融化了。

“温暖是好还是坏？”女人独自这样想着。如果我的掌心是冰冷的，那这些外形精美、无比纯洁的雪花就可以多活几天吧？

温暖源自寒冷。

她从雪花、水、上天、面包和苍蝇的飞翔里感受到了温暖。说不定这雪花也是温暖的载体呢，所以才可以在瞬间消失。

女人看着融化成水的雪花，感觉有点凉，关上了窗户。

窗户源自孤独。

人类无法独居，也无法群居。他们筑造房子隔离自己，又为了看别人而给房子设计窗户。为了这扇窗户，女人花了不少钱。她关上前不久刚做好的那扇窗户，屋子里一下就安静了。这一点让她非常高兴。如果没有窗户，这漂亮的屋子里一定满是汽笛声，会使她根本无法安睡。女人用温暖的手抚摸着冰冷的玻璃，退后一步仔细端详着花去她两个月薪水的窗户……她转身把手伸向放在窗边茶几上的小提包。她从包里拿出红色的大钱包，开始数钱。她的动作非常娴熟。

恶魔和佛祖共同的孩子！对，这钱便是他们商量之后的结果。

如果女人有殷实的财力，那她就不应该是商人，而是画家。她喜欢画画。不过这里比起画家更需要商人。这里的人们都喜欢买东西。女人在合同上用她洁白的手签了字，便离作画生涯越来越远了。

女人手里那几张皱巴巴的钞票让她远离了成为一名不染指甲、一心只想作画的画家的命，让她成了商人。她为了吸引眼球，小心翼翼地让指甲慢慢长，并染上了各种颜色。关于命运的安排，她至今都还没弄明白。

命运源自选择。

听到敲门声，她匆匆走过去，熟练地打开了门上的三重锁。她的母亲佝偻着身子走进来，用满是皱纹的黑手一一锁上了那三重锁。母亲的手曾经也像她的手那样修长、白皙。

锁源自惊恐。

母亲小的时候，蒙古地区还没有锁。那时的人在乡下赶路，遇到一户人家便进去吃饱喝足，歇歇脚再走。他们家从不锁门，而且还为过路歇脚的人准备好茶点。或许这家的主人远在几座山头之外，可家里所有值钱的东西也依然放在明处。路人再穷，也不会偷这些。这是蒙古地区的老风俗。那时这里没有锁，这里的人们也不知道什么是惊恐。人类以惊人的智慧发明了火车、轮船，可这里的人们与世隔绝，没有锁，过日子也没有惊恐。现在，她漂亮的女儿却用三重门锁将自己给锁住了。

唉，城市不是人类的集中地，而是人类坏心眼的集中地。

女人让母亲进厨房，自己忙着熬奶茶。接触过血、水、苍蝇、雪、钞票的手现在正扬着奶茶。最适合女人之手的这项工作让她看起来分外聪慧，格外好看。

她熬好了醇香的奶茶，双手献给母亲。母亲接过茶碗时手会微微颤抖。女人很熟悉这个。母亲不小心洒了奶茶，急急忙忙地擦着自己那双皮肤干燥的手。她很后悔弄脏了女儿刚刚铺好的白桌布，从衣兜里拿出五块糖果递给女儿赔不是。

糖果源自童年。

小时候，家里人都惯着她。只要她一伸手，就没有得不到的。她看不到时间的流逝，却能感觉得到母亲在一天天变老。那位她现在觉得有些陌生、相貌丑陋的女人便是小时候每天牵着她的手、给她零食的那个人。小时候女人伸出胖嘟嘟的手，母亲便把世间的一切都放在她的掌心上。

是啊，母亲源自大水，源自无极限。

母亲走后，女人想了想这个周末该怎样度过，然后从书架上拿了一本厚厚的书躺在沙发上看。

唉，书，书，书！书源自智慧。

不过这次她的书里写的不是智慧，而是平庸、空洞与模仿。这些有谁能分得清楚呢？书就是书……大家觉得每一本书都一样。女人用洁白的手蘸一蘸唾沫，翻着泛黄的书页。看着封面上那位作家刻意修饰过的照片，女人有些嫉妒，想着自己什么时候也可以拍一张，来彰显自己的勤劳、自信和内涵。她后悔自己放弃了和这位作家获得相同荣誉的机会。她明知一切都已不可能，不过还幻想着自己是著名画家，在干净、廉价的沙发上沉浸在想象的大海里。

思念源自蓝色。

女人不怎么喜欢这本书，可还在翻着它。书中出现了耳环、手镯、穿裙子的模特和一切苦难。她很满意书中的女人最后拯救了自己的家庭，也觉得书的作者小有才华。"这部分写的分明是我，这部分写的是塞汉娜的生活。"女人躺在那里想。

女人手中的书在沙沙作响。书中都是一些对现实生活的拙劣模仿。

她觉得现在有些无聊，便站起来收拾房间。

她洗了老公的花衬衫、即将露出脚趾的蓝袜子、孩子的内衣和自己最喜欢的那条金丝绒裤子。洗完之后，她白皙的手也变成了红色的。女人走进厨房，从冰柜里拿出肉，甩干了手，开始切肉。现在她的手变得有些惨白。

该去幼儿园接女儿了。早上为了让她能够多睡一会儿，老公悄悄地去送孩子。今天他可能很晚才回来。她一路小跑出去，直接打了一辆出租车。

司机真是个古怪的家伙。他不停地说话，大声地打哈欠，唱二十世纪六十年代的歌曲，给某人打电话，哈哈大笑，探出头和另一位司机吵架。这一切结束之后他才注意到车上的这位女人，开始刨根问底。出于礼貌，女人和他聊了几句。他竟然把自己又黑又脏的手放在她的膝盖上，塞进她的衣服里。惊慌的女人用白皙的手"啪"地打了一下侵犯她的那只黑手。

欲望的名声虽然不好，它却源自佛祖。

苍蝇和司机都挨了打，所以它们也没什么区别。

她到达幼儿园后，抱住了迎面跑来的小公主。女儿的手肉嘟嘟地放射着光芒，接近完美。有一天，女儿的手也会和她的手一样，长成有着长指甲、白皙修长的手，然后再和她姥姥一样变成皱巴巴、皮肤干燥的手。不过，现在女儿用嫩嫩的手抱住了她的脖子。

女孩源自云朵。

母女俩手牵着手走路。曾经让妈妈、奶奶和老公牵过的这双手现在成了另一双小手的保护伞和避风港。

唉，时间源自生活。

她们顺路进了一家美容院，女人把手交给了忙碌中的美甲师。美甲师先帮她卸了原来的红指甲油，然后涂了绿色，看上去亮晶晶的。母女俩同时叫出了声。

是的，颜色源自眼睛。

美甲师动作敏捷，不过她的手有些潮湿，女人不喜欢。指甲很快就弄完了。美甲师看上去年轻、干净，服务又周到，可女人总觉得她不是什么好人。

心思源自内心。

女人自己也不明白为什么会觉得那个热情、周到的年轻服务员是个坏人。

回家之后，女人仔细端详了几遍自己的指甲，不过她一点都不觉得那是美甲师的功劳。她从心里感谢父母给了她一双美丽的手。

门铃响起，老公回来了。老公一进来就摸了摸女人的屁股。这下女人没有打手，还得意地笑了笑。同一个动作原来可以表达不同的意思，从而达到大相径庭的效果。老公在肉联厂的消毒室工作。为了掩盖他身上的消毒水味，女人点了熏香。女儿好奇地看着熏香袅袅上升的烟雾。女人用接触过血、水、面包和苍蝇的手为女儿熏香。

幸福的一家人吃过晚饭便准备休息了。白天就这样匆匆地过去，到晚上了。

老公像孩子一样吮吸着女人的乳房，抚摸着她光滑的身体。

老公突然用手拿着下面的准备塞进去。女人不喜欢这样，用嗔怪的眼神瞪了老公一眼。他的下身已膨胀。女人用她白皙的手握住它，来回抽动。接下来两个人一起进浴室洗澡，牵着彼此的手出来。

老公打起了呼噜，女人躺着胡思乱想。她用右手盘起头发，用左手摸摸嘴唇，想着白天读的家庭题材长篇小说。如果像小说那样，老公在外面有了女人，她还能不能像小说里的女人一样从一件衣服可以穿十年的家庭主妇摇身一变成为一名公司主管，成功挽回男人的心？对此，女人完全没有信心。她很苦恼自己不能成为那样的女人。她觉得那部小说很荒唐，但还是有些相信那位经常出现在电视上的女作家。女人也安慰自己说根本没有这种荒唐的事。她吻了吻老公的嘴，像是要在他还没有外遇的时候就把他的心拉回来。吻完她就安心了。

睡觉前她透过窗户看到了那轮无比苍白、无比孤单、无比单纯的初月。今天是初二。

女人叹了一口气，缓缓举起了手。

她把今天接触过血、雪、水、面包、书、苍蝇、糖果、回忆、母亲、女儿、出租车司机、美甲师、金丝绒裤子、熏香、袜子、男性生殖器的手伸向了看似死寂沉沉实则散发着光亮的“大灯笼”。

她觉得今天接触过的所有东西里最奇特、最具个性、最美的是那一轮月亮。想着想着，女人便进入了梦乡。

我不写她的手在梦里到底触碰过哪些东西。因为梦是不能与人分享的私有财产，用心灵、回忆和思念去感知那个世界，才能看清接受者、支持者、审判者们灵魂的脸庞，从而与他们相遇、相见，窃窃私语。所以，梦境是我写不出来的秘密。真的是秘密！

2010.10.30

饥 饿

他到海外已经一个多月了。置身于美丽的大自然、高楼大厦和比高楼还高的立交桥、从各地汇聚到这里的移民之间,朝吉忘记了自己在这个夏日的第一个月是怎么度过的。

陌生的语言和陌生的街道让他吃尽了苦头,可他依然庆幸自己扛过来了。当他还在左顾右盼时,日子却像射出的箭一样匆匆远去了。他不是大手大脚的人,可还是买了不少自己喜欢的东西。他时常鼓励自己,在人生地不熟的国外,多备一些东西,终归不会是多余的。

他找了很多次工作,还是没有找到。从家里带来的钱差不多要花光了。他走过很多地方,每推开一扇门,都想让雇主知道自己在找工作,可是他都没见过一个笑脸。出国之前他请人用英语写了"我在找工作,什么都可以做"这几个字,在长达十几个小时的航班旅途中将它背得滚瓜烂熟。

今天早上,房东进来说了很多话,还让他看了一张纸。他看不懂纸上写的是什么内容。他拿出最好的态度微微笑着,然后不停地点头哈腰,尽量表现出对房东的尊重。房东大声地说了一句话,摇摇头走了。

他出国之后的愉快生活就这样结束了。他担心地看着自己越来越扁的钱包,在空空的屋子里来回踱步,整晚都没有睡。他不明白的是,走遍了整个城市，为何找不到一份工作。“这么大的城市，这么多人呢。”他整晚都在重复这句话，不停地踱着步。

他的父亲在十年前去世，母亲也于五个月前去世了。为了安葬母亲，他抵押了父母唯一的遗产——那座旧房子。一切就是这样开始的。唉，抵押，抵押，抵押！生活就是一个抵押的过程！这个懵懂无知的小伙子被债务扒了一层皮。三个月后，他看了一眼合同，就立刻明白了自己拼命地干一年也还不完债务。真是祸不单行，这一天，失去双亲的小伙子突然被老板炒了鱿鱼。他觉得，没有什么痛苦、孤单和不安来得比失去母亲还厉害。想到母亲去世的那天，他觉得心里变得黯淡无光、空空如也。和失去母亲相比，其他苦难还能算是苦难吗？

“时光医生”不管不顾地忙着自己的事。从那天起，小伙子开始学会了忍受和包容。

等他缓过来，受到的第一个打击便是还债。以前他虽然没有钱，但也不欠债。有一天晚上，他带着债务合同书和一瓶烈酒去找他唯一的朋友。

两个人默默地坐在那里喝了半瓶。他的朋友突然拍了一下他的肩膀说：“走吧！离开这里！咱们在这里还有什么可留恋的？赶紧离开这个穷人的地狱吧。我也想走。这件事我想了三年了，只是连甲板上的站票都买不起。如果你卖了那座房子，肯定能办成美国护照，手里还能留几张去美国之后解决温饱的票子。赶紧远离蒙古国这个穷地方吧。走吧，不要再回来！就算回来，也得变成个有钱人再回来！去那儿的人都不想回来，这不谁也没回来嘛！美国肯定有赚不完的钱，朝吉，赶紧走吧。你比我聪明，肯定能赚到钱。赚了钱，别忘了帮我一把。我除了你也没有什么朋友了……”

朝吉突然被这句话点醒了。美好的愿景救活了他的心脏，他觉得有一个全新的生活正在异国他乡等待着他。是的，离开这里吧。就从这里彻底消失，到那个每个人都向往的地方去。去了就可以赚大钱，得到一切想得到的。“如果呈贡也过去找我，那就太好了，赚了钱我们一起回国，把妈妈的那套老房子再买回来，再娶个老婆，活出个人样儿来。”

他是这么想的。二十二岁的年纪，做个决定没有那么难。

虽然生活有些拮据，朝吉不曾缺过母爱。

那位蒙古人把他领到这座完全陌生的城市里，说道：“听说这里一个蒙古人都没有，所以你找工作可能麻烦一些。好了，再见。我说老弟，你可要好好活着呀。”说完多收了他一倍的中介费，消失在人群里，连头也没回。刚来这里时他很开心，跟着感觉走，找了一个住处。他在头一个月里看看这儿，瞧瞧那儿，日子很快就过去了。他还了债务，剩下的钱被社会上形形色色的小混混骗去了不少。他苦苦跑了几个月，才办完护照和机票的手续。他给自己买了几件像样的衣服和一个旅行包，把剩下的钱放进衣兜，来美国之后交了房租，勉强拥有了一个月的住处。现在他的钱包里什么都没有了。

每看到一件东西，他都不停地称奇，还想着如果他的朋友呈贡也能看到这些东西就好了，为此他还觉得很遗憾。他总是想：“这么好的日子根本没有什么可担心的。如果呈贡也跟着我一起过来，那就太好了。”房东一出去，他又想着如果呈贡也在他身边，那该有多好。他根本不知道他来美国之后，他的朋友呈贡变卖所有家当去了韩国。

朝吉觉得一定有一个人在惦记着他。他如果得到关于呈贡的最新消息，一定会崩溃。来美国之后，一直没有跟呈贡联系，现在他们已经很难联系到彼此了。

朝吉从垃圾堆里捡了一个噪音特别大的冰箱放在出租屋里。冰箱刺耳的噪音让他整夜都无法安睡。他没有美食来塞满冰箱，甚至一点吃的都没有，更多的时候冰箱只是个摆设罢了。不过直到今天，他也没有把这个庞然大物扔掉。是啊，未来的事情，谁能说得准呢。在未来的某一天，说不定他可以用美食塞满冰箱，而且拥有一辆属于自己的汽车，让那双疲惫不堪的双脚彻底休息也不一定呢。应该相信未来。相信未来，他才到美国来闯荡。他来美国,是为了证明他正确的选择,为了让别人相信他的能力,为了证明他不孤独,为了证明他可以拥有一个美好的未来。虽然父母已双亡,唯一的朋友也出了国,可他还是相信有一天自己能够赚够钱,可以拥抱祖国的微风和辽阔的草原。他也知道那里没有人在等他,没有人需要他,可还是很想赚了钱就回国,因为这里不是他的祖国! 在这里他只能整天保持微笑,俯首低眉,可是祖国时时刻刻让他骄傲! 在自己的祖国,他能够抬起头来大声说话。

他在那里生长,那里物质匮乏,也没有人在等他,在那里他活着的意义不大,可他来美国时,便想好了有朝一日一定要回去。

朝吉打开了冰箱。冰箱里还有十颗鸡蛋、半个奶酪和半块面包。那时候他们的生活很拮据,不过母亲在时他没有尝过挨饿的滋味。虽然不像有钱人家的孩子一样,衣兜里常常有零花钱,但他也没有在人前低过头。他是家里的独子,母亲拿出十倍的精力来照顾他。他的学习成绩没有那么出众,不过也不是总挨老师批评的学生。他穿戴不奢侈,但班里的同学都尊重他,老师也很尊重他,把他当作大人。他平时不爱多说,一说就能抓住重点。没有女生主动追过他,但她们喜欢把他的名字挂在嘴边。班里有很多人想和他交朋友,他只交了呈贡一个朋友。

当时呈贡的母亲去世,父亲也害了一场病,卧床不起。呈贡和他的几个弟弟在一起生活。朝吉的母亲对呈贡特别好,偶尔从自己并不宽裕的生活费里省出一点零花钱和几件便宜的衣服给他。呈贡平时沉默不语,一旦爆发就不可收拾,大家都惧他三分。好像是八年级的时候吧,有一次他写板书,有个女生嘲笑他的裤子上粘了一块口香糖。呈贡一句话都不说,转过身拿起削铅笔的小刀便在那个女生的手上划了好几下。这件事在学校里炸开了锅,正当呈贡要被开除时,朝吉叫妈妈去学校。妈妈在校长办公室门口守了两天两夜,像呈贡的亲妈一样连哭带求,校长才骂骂咧咧地签了字,给了一个留校察看的处分。

呈贡孤僻但容易服输,喜欢乱说但能够包容他人。他可以为了朝吉两肋插刀。有谁瞪朝吉一眼,都有可能引发一场"战役"。就连朝吉自己都不在乎的一句话，呈贡都会追查到底。别说是女生，男生都害怕呈贡这种内向、羞涩又怪异的人，最后学校里的人谁也不敢惹他们两个了。

他们单独在一起时最幸福。他们都不大爱说话，喜欢久久地坐在呈贡家的院子旁边聊天，或者一起劈柴，把柴火收拾得井井有条。干完活，彼此微笑一下便各回各家。

朝吉的母亲去世，也给呈贡带来了沉重的打击。他从小就失去了母亲，朝吉的母亲偶尔吻他的额头，还在他险些被学校开除时去求校长。这些在呈贡的脑海里留下了刻骨铭心的温暖回忆。现在，再没有人给予他母爱的温暖了。毕业后的十天，他出来找事情做，有一个月都没去过朝吉家里。当他还想着用第一个月的工资给朝吉的母亲买一份大礼物时，突然听到了噩耗：心脏病夺走了她的生命。呈贡默默地在原地坐了一会儿，跑到柴火堆那里把收拾好的木柴扔得到处都是，还把他家的板皮厕所踢得东倒西歪。他的哭泣声很沙哑，不过一滴泪也没有流。

两个人的毕业成绩都不理想，毕业之后，一个在工地上干运输，另一个在图书馆里当管理员。朝吉的亲戚通过关系才给他找了一份图书管理员的工作，这样可以让他免受风吹雨打。

朝吉偶尔也去给呈贡帮忙。这样一来，他也知道了工作的艰辛和呈贡的忍耐能力。呈贡变得更加沉默不语，为了不让弟弟们挨饿，拼命地赚钱。作为独生子，朝吉非常羡慕呈贡有几位弟弟；呈贡也羡慕朝吉，如果他是家里的独苗，就不用为了生计如此辛苦了。

第二天，朝吉在街道上走着。他不知道今天可以去哪儿，所以决定从一数到十，找到与数字相对应的街道，在那条街上一直走下去。在清晨清净的街道上，他默默地数着街道，最后顺着第十条街无精打采地向前走去。生活虽然如此，他仍没有放弃自己的理想。等待他的都是他曾经敲过很多次门，也让他失望过很多次的商铺。

面对这些店铺的门，他第一次失去了信心，可又生怕错过哪一家，硬着头皮继续走，继续敲门。

到了晚上，他筋疲力尽地倒在床上。这一天让他失望，甚至绝望，他发现自己从早到晚都没吃过东西，便跑到冰箱前，一把拽开冰箱的门，煎了五颗鸡蛋，又吃了半块面包之后才上床。

他太累了，现在急需睡觉。明天！明天又是崭新的一天呢。他想安慰自己，可是……

他想到明天自己依然无处可去，依然没有工作，想着想着便失眠了。他躺在床上辗转反侧，不停地咒骂着那个噪音大得吓人的冰箱，用枕头捂住耳朵，最后敞开了通风窗也无济于事。他躺下又坐起来，不一会儿又往厕所跑。这么来回折腾了几次，天就亮了。

和煦的阳光照进来时，他已困意重重，就沉沉地睡了。直到中午他才睡醒。一睁开眼，他就想到了工作，好像被什么东西蜇了一样，从床上一跃而起，跑过去打开冰箱的门，看到冰箱里只有五颗鸡蛋和一点奶酪。他用手指沾了一点奶酪放在嘴里，闭着眼睛站了好久。

突然，他听到了一个让他无比心安的声音："孩子，快起床吧，妈妈已经熬好香醇的奶茶啦，快起来，快起来吧。"朝吉睁开眼睛，用惊慌、期待的眼神看了看周围。奶茶的香味弥漫在屋子里，让他回到了与母亲同在的幸福时光里。他的心再一次被现实击痛，握着冰箱的把手站了很久。楼道里出现的脚步声把他拉回现实世界时，他已泪眼婆娑。

他像个醉汉一样摇摇晃晃地走到桌前闭上眼睛，想再看看母亲的脸。这一次他什么都没有看到，只有一句"我的浑小子"还萦绕在耳边。

不知道过了多久，他洗了洗早已麻木的脸，鞋带都没系就出了门。街上的人们都用警惕、厌恶、奇怪或怜悯的目光看着他，好像他不是人，而是一头来自异国的怪兽。日复一日，他还活在这个冰冷的世界上。

他现在已疲惫不堪，不过依然相信未来。他相信。他现在没有父母和朋友，远离了自己的祖国，甚至连鸡蛋都所剩无几了。是啊，他现在什么都没有了。一无所有的人，往往只带一样东西上路，那就是信心。看不见摸不着的信仰让他得以继续呼吸、走路，继续一家家地去敲门，一次次失望，一次次关上门。

出国之后的半个月，他的冰箱和肚子里已经没有任何食物了。此时房东又来敲门。房东的手里还拿着上次写满小字的那三张纸，开门看到朝吉在这么短的时间内瘦了好几圈，吓得连连退了几步。他愣了一下，又往前迈了一步，用大小适中的声音说着什么。朝吉一看到房东，心跳就开始加速，使出浑身的力气微微欠了一下身，努力做出微笑的样子。

房东一直在说，不停地在说。朝吉太累了，耳朵在嗡嗡作响，房东的话他一句也没听进去。他只知道此刻需要保持微笑！他反复提醒自己："此刻要使出浑身的力气保持微笑，微笑，微笑。"房东边说边用犀利的眼神看着他，脸色突然一变，提高嗓门，用手里的纸戳他的脸。他感觉到事情不妙，也因为使出了浑身的力气，身体开始颤抖。他本想说几句，可一句话也说不出来。房东突然发出尖叫声，撕掉了手里的纸。朝吉惊慌失措，一一说出了从中学同学那里学来的英语：

"我会努力工作，什么活都可以干，给我找一份工作吧！"

他说了这么一句话，把房东吓了一跳。开始时房东根本听不懂他在说什么，过了一会儿，房东立刻明白了这位年轻人交不上房租是因为他还没有工作。房东的声音变得不再刺耳，他问了朝吉几个问题。朝吉一句都没听懂，只能站在那里尴尬地保持微笑。

房东不再说话，认认真真地看了他一眼，摇着头走了。朝吉知道房东不会马上赶他走，心里舒坦了一些，躺在床上想他的好友呈贡。朝吉的脑海里不停地浮现出他的样子，所以用自己仅剩的一点钱买了一张电话卡。

听到电话接通的声音，朝吉很激动。他的手开始颤抖，喉咙里像卡了什么东西，他紧紧地握住了电话听筒，微笑着等待电话那端的声音。呈贡应该还在工地上干着活儿吧，如果可以的话，就跟他借点钱吧。电话响了很久，始终无人接听。"估计在忙，晚一些时候再打给他。"他不知道呈贡是否能给他借钱，不过无论如何也得和他通上话，把自己在美国的地址告诉他。

他百无聊赖地熬到日落，走到楼道里打电话。

“你好。”

听到自己的母语，朝吉情不自禁地流下了热泪。他颤抖了一下，又强忍着站好，说道：“呈贡吗？呈贡吗？我是朝吉。朝吉……我……”说到这里，他再一次感觉到眼眶里满是滚烫的泪水。

“您好！您找谁？说清楚一些。”从电话那端传来了有些疲惫的声音。

接电话的不是呈贡，而是他的父亲。他努力地克制自己，又怕好朋友遇到了什么麻烦，让自己再清醒一些。

“是道尔吉叔叔吗？我是朝吉。您还好吗？你们一家人都好吗？呈贡怎么了？他怎么不接电话？”

电话那边特别安静。有一个人长长地叹了口气，说：“哦，原来是我可怜的孩子朝吉啊。你怎么想起来给我们打电话了？嗯，孩子你还好吗？身体怎么样？我可怜的孩子朝吉……你可是我的布恩巴尔克（朝吉的小名）。你出国大开眼界了吧。你这电话是从哪里打来的？美国、澳大利亚，还是哪里？”

“叔叔，我在美国呢。呈贡为什么没接电话？”

“你俩没再联系吗？你还没听说吧……你一出国，也不知道他着了什么魔，变卖了所有东西去韩国啦。去了还不到十天呢，至今还没有一点消息。估计过得还不错。如果你在他身边，那该多好。你俩现在分别在世界的两端。如果你在他身边，叔叔就不用担心了。现在不知道说什么好。他的几个弟弟都长大了。老大都快上大学了。呈贡的妹妹学习成绩还不错。她的聪明劲儿跟了我老伴儿了。呈贡说至少让弟弟妹妹当中的一个读完大学。怎么说呢，我们的生活每况愈下了。如果这样下去，吃饭都是个问题了。我那可怜的儿子卖掉了那座独门独院的房子，东奔西跑求着人出国了。听别人说那里似乎也不是天堂。据说韩国那边很热，阿弥陀佛。他在那里人生地不熟，也不知道怎么样了。我那可怜的儿子……叔叔倒还好，在亲戚的院子里盖了一个破房子，和几个孩子在一起呢。唯一的依靠走了,你说我们能好到哪儿去?不过等他在那边站稳了脚跟,我们也就好了。我们得等到那时候,喂,喂……”

朝吉还拿着听筒。这一次,他的希望又破灭了。他努力让自己冰冷而湿润的手不再颤抖,以至于忽略了道尔吉说的大部分内容。呈贡去韩国了,呈贡去韩国了。其他的,他再也没有听进去。

过了一会儿,他克制住自己说:“道尔吉叔叔,我们下次再聊。如果呈贡打电话来,您告诉他我来电话了。”说出这一句时,他的声音在颤抖。

“哦,当然,当然。你是他唯一的好朋友嘛……你应该留个联系方式。如果他去找你,那该多好。那个呈贡啊,在你的督促下才完成学业的。你们两个人在一起,那就再好不过了。对了,孩子,你怎么样?想必是站稳脚跟了吧?据说美国比韩国好多了,至少不会抓捕外国人,是真的吗?等你的工作稳定了,能不能给叔叔借点钱?呈贡的工作一稳定,我就把钱还给你。他的几个弟弟妹妹眼巴巴地看着我,唉,我的日子真是太难了。我吃的镇痛药又涨价了,我每天晚上都痛得要死。你叔叔不会就这么死了吧?我的朝吉啊。”

他不知道要怎么回答。

此时电话卡内的钱已用完,电话被强制挂断了。诉苦也好,闲聊也罢,尽管没达到目的,不过听了蒙古语,感受了蒙古式呼吸,听到了同胞温暖的声音,这让朝吉如沐春风。听到“嘀嘀”声,他才想起了什么,对着电话拼了命地喊:“道尔吉叔叔,道尔吉叔叔,你在吗?你在吗?”

他握着满是泪水的听筒,一屁股坐在地上开始大声哭泣。

在异国他乡,没有人在乎他为什么而哭。在夜色中,高楼大厦的每一扇窗户都拉了窗帘,每一扇门都紧锁着。

他痛痛快快地哭了一场,以此来发泄自己的不愉快。哭够了他才站起身慢慢走向出租屋。他看到一个年轻女人在倒垃圾。

他躲到树后面,没有让她发现自己。

女人一进屋,他就跑过去翻那些垃圾,刨出黑色的垃圾袋,找到吃剩的比萨和芭蕉,将它们囫囵吞下。有东西吃,他就感到愉快。

他隐隐约约感觉到有人在他身后,便拿着芭蕉皮回头看……

原来是房东!

小伙子惊讶至极,片刻后回过神来,对着房东微笑。尴尬的氛围让他的脸发胀,脸部肌肉开始抽搐。他紧紧地咬着牙站在那里。

房东是出来倒垃圾的,看到朝吉先愣了一下,继续朝这边走。

朝吉红着脸与他擦肩而过。因为自卑和害羞,朝吉心如刀绞。

回屋没过多久,朝吉听见有人轻轻按了门铃。他知道是谁,但是懒得去开门。门铃还在响,响了一阵子后,脚步就走远了。朝吉跑过去开门,发现门口多了一个鼓鼓的塑料袋。

打开一看,里面有烤鸡翅、硬纸盒包装的十颗鸡蛋、新鲜的面包、一瓶啤酒和叫不出名来的绿色易拉罐。

他拿起塑料袋一动不动地站了许久。

他提着塑料袋回屋,怎么也高兴不起来。他把塑料袋拿到厨房里,打开自己的大冰箱,把这些救命稻草认认真真地放了进去。

尽管此时饥饿难忍,他什么也没吃。他整夜坐在厨房里的那张肮脏、空空的铁桌子前迎来了黎明。

第二天房东敲了门。这次房东没有说话,甚至眼睛还故意回避着他。朝吉知道,是他该离开的时候了。他收拾了自己所有的东西,放进包里,望着整夜陪伴他、用刺耳的声音为他驱赶寂寞的大冰箱愣神。他用眼神与它告别,永远离开了那座出租房。

门,又是门!

内心里微微的希望支撑着他继续前行。门,又是门!从这扇门到那扇门去轻轻地敲,这是他的全部生活。他现在能做的,也只有这些。他变得很瘦弱,但依然保持着微笑。常常告诉自己曾经是多么自信的人。现在已是他在美国的第三个月。门,门,门!他面对的每一扇门都带着锁。和他的名字(朝吉,在蒙古语中意为锁)一样,生活现在成了他的枷锁,枷锁,一把钥匙已经生了锈的枷锁。现在他住在桥洞下纸箱里,一大早便起床,穿上他那条永远不会起皱的金丝绒裤子,换了鞋,在楼道的水缸里洗把脸,从垃圾堆里找吃的填饱肚子,然后一家挨一家地敲门找工作。

来美国已经有四个月了。

他真切地感受了什么是饥饿。每天早上醒来,他首先想到的便是三明治。一开始他不那么思念父母和家乡,如果能吃到一块三明治,这一天就过得不错了。他不再挨家挨户地敲门,开始踏上了寻找三明治的旅程。他知道这座城市里哪些饭店的老板脸色好看,守在哪里可以讨到几块面包。他像只狗一样跟随气味东奔西走,眼巴巴地看着当地最有名的一家面包店,最后无精打采地回到桥洞里过夜。

最近他摸出了门道,把经常施舍面包的那家饭店的后院打扫得干干净净。这让饭店老板非常高兴,偶尔拽他进店,除了三明治之外还给他一碗汤喝。他觉得,这里的汤是全世界最好的。

朝吉现在每天早上惦记的不再是三明治,而是那碗汤。喝了那碗汤,他就微微冒汗,浑身的疼痛都会云消雾散。如果喝不到汤,他心里就会冒出一股莫名的火,晚上气哼哼地回到桥洞睡觉。

饭店老板看到这个小伙子没有任何工具就可以做好各种重活、脏活,有一天把他叫进了办公室。

朝吉听不懂他在说什么,不过从老板的笑脸看出了将来要发生的一定是好事。老板拍了拍他的肩膀,送他出门时给了他二十美元。朝吉不敢相信自己的眼睛,他都没来得及给老板一个充满耐心和祈求的微笑。这时候进来一个墨西哥男人,一步步教他需要做的事情。朝吉就这样找到了他的第一份工作。

现在,朝吉找回了自己失去已久的信心,正大口大口地呼吸着新鲜空气。他摘下已戴了四个月的脏帽子。墨西哥男人透过他苍白的脸看到了朝吉懂事又忠诚的双眼。

现在,朝吉不仅把垃圾全部倒掉,还负责打扫卫生间、下班前拖地等工作。保洁员！在他的家乡,男人不干这种工作。

四个月来,他第一次感受到了来自内心的安静。他难掩自己的愉悦,跑到饭店宽敞、明亮的大厅里,指了指一个月来让他魂牵梦绕的牛肉饭。厨师认得他,笑着给小伙子盛了一碗,量比给别人的都要多一些。朝吉现在除了大块牛肉再也看不到别的东西了。他暂时忘掉了之前发生的一切,像啄食的白鹤般吞掉了面前的那碗食物,吃完了连味道都没有尝出来。

他觉得自己的日子慢了。他干活儿很认真,老板会在每天下班之前给他结清当天的工资。工资一到手,他就点一碗牛肉饭吃。

他不急着换掉四个月来变得脏兮兮的衣服。尝过了饥饿的苦,他开始在门口存一些干粮,不过还是不愿意去租间房子。他还住在桥洞里,依然认真地清洗着马桶。他拼命干活,拿上薪水就去买牛肉饭。他的日子就这样一天天地过去了。

他刚来美国时正值春天,现在已到了冬雪纷飞的季节。

晚上朝吉被冻得瑟瑟发抖,可还是舍不得买一件厚衣服。他几乎用掉全天的工资买那份牛肉饭吃,一吃就会想起自己的家乡和他妈妈做的饭菜。

一天的工作结束后,他已筋疲力尽,可一想到明天还有可口的牛肉饭吃,就睡得特别踏实。

有一天,饭店老板又叫他过去。老板看到他入职两个月来没换过衣服,决定给他加薪。当然,与此同时增加的还有工作量。老板看他敏捷、勤奋,还真诚,决定给他安排另一个工作——给顾客洗车。吃饭时还能免费洗车,这个消息很快传遍了城里的每一个角落,饭店也因这项服务变得门庭若市。收入增加了,老板的脸上常常挂着微笑,每一位服务员都在马不停蹄地工作。

朝吉早上来到店里,通常要收拾好垃圾,清洗卫生间,出去给顾客洗车,再回来把店内新拉来的货物收拾得井井有条。他来到饭店先清洗马桶,听到汽笛声就流着汗匆匆忙忙地跑出去洗车。

工资增加了,同事们也向他投来了感谢和支持的目光。最重要的是,这些能给他积极的力量,换回了他做人的尊严。

他拼命地干活,为的是能够吃一顿顾客才能吃到的饭。现在工资涨了,他还能买一些奶酪回桥洞。晚上他冻醒了,就伸手去摸那块奶酪,就着面包吃了才能安然睡去。

天气越来越冷,他不得不搬出桥洞去找住处。和他一样在饭店干累活、脏活的墨西哥男人用手比画了半天,朝吉终于明白了他在说什么,下了班就和他一起去黑人的住所。小区里都是黑人,他们的出租屋空间狭窄,还不透光。

这里又冷又不舒服,可一点都不便宜。在寒冷的冬天,朝吉也别无选择,这里总比睡在纸箱子里好一些啊。他跟墨西哥男人借了点钱买了一件过冬的衣服。他不能再吃那么昂贵的牛肉饭了。不管外面多冷,他依然忙碌奔波着。他相信总有一天老板会给他加薪,这样就可以买一份牛肉饭吃了。唉,希望真是个奇怪的东西,朝吉刚来时还指望美国能够改变他的生活,赋予他自由。不过现在他的希望变成了一盘可口的牛肉饭。

虽然薪水少、工作累,但他至少不用再睡纸箱了,所以倍加珍惜这份来之不易的工作。他直接用手拿着人们扔的各种垃圾,还觉得现在的日子比之前的日子要好很多,因此心存感激。

他从前的虚伪、害羞和愤怒现在都不复存在,明显增加的只有食欲。小时候他家里不富裕,但也没缺过美食。那时候他吃得少还挑食。现在一切都变了,他只希望可以吃到美食,这一点变化,连他自己都没有察觉。

美国人不注重打扮,他在这里也不用为穿戴浪费钱。他整天辛苦地工作,但也存不下钱,只知道购买各种各样的美食,回家之后将它们摆满桌子,然后面带微笑地吃掉它们。他的睡眠质量差,晚上经常做梦,早晨一起床他就把剩下的食物全部吃完,一路小跑去上班。

日子在一天天地过去。

有一天,他突然发了高烧没能去上班。他就这样沉沉地躺了三天。第四天他勉强下床去了药店,可不知道要吃什么药。店员喋喋不休地跟他说了很多话,给了他一张纸条,便关上了门,那大概是药方吧。朝吉没钱去医院,也不知道医院在哪儿。他无奈地去超市买了点东西,吃不下也强忍着全部都吃完才上了床。

那天晚上他呕吐得很厉害。

他摇摇晃晃地从洗手间出来,按住疼痛难忍的胃部尖叫起来。他感觉世界开始天旋地转。

有人在敲门。

他以为是同事,便高高兴兴地去开门。门外站着一个黑人。黑人跟原来的房东一样说了一大堆话,给他看了一张纸就回去了。看到他因疼痛而变得苍白、正在冒汗的脸,房东终于说了一句温柔的话。他听不懂房东在说什么,对话就这样结束了。

朝吉在出租房里昏昏沉沉地躺了五天。他不知自己喝了哪里的脏水,才会病成这样。

第六天,他拖着病恹恹的身体去上班。同事们都没有给他好脸色。平时和他一样忙碌的员工们只看了他一眼,就忙着低头干活。

他去卫生间,看到一位中国姑娘正拿着洁具,勤快地在那里打扫。他一下子慌了神。他感到事情不妙,跑到外面看到给顾客洗车的是那位墨西哥男人。他不知所措地站了一会儿,去轻轻敲了一下老板的门。老板用惊奇的眼神看了看他,然后劈头盖脸地大声责骂起来。他听不懂老板在说什么。老板从抽屉里拿出五十美元扔给他,又拿出一张纸让他签了字,一签完就大声地轰他出去。他知道自己被解雇了,身子软得走不动路。这么冷的冬天,要去哪里找一份工作呢?

他想吻老板的皮鞋求他再给一次机会。老板又给了他几张钞票,看到朝吉正不声不响地在点头哈腰,又扔了一张二十美元的钞票给他,便将他推出去,关上了门。

他去和每一个人道别。原来大家早已知道了此事。他们礼节性地拥抱他,或者友好地拍拍他的肩膀,说一句“再见”便忙自己的事去了。他最后和墨西哥男人拥抱道别。

他觉得心里特别空,很晚才回到出租屋。他一个人在屋里站了很久才发现自己很饿,出去买了点东西吃。他觉得,自己以后再也见不到这些美食了。

在两个小时之内,他吃了很多东西,不敢想象自己的未来,连连叹着气上了床。

第二天,他的胃疼得厉害,惊了他的美梦。他在床上冒着汗来回打滚,咬着牙大声喊叫。不管他怎么喊,病情都没有好转。

病痛是最苛刻的老师,并不怜悯那是一位无依无靠的穷小子,折磨他一番之后,自己也觉得无趣,就暂时离开了他。

他躺在床上发呆,脑海里只有一个问题:“现在该怎么办?怎么办?找个什么样的工作来养活自己?到底该怎样才可以?”

生活并非一成不变,幸福、痛苦和失败,都可以是结局。朝吉很快又找了一份工作,有了与他朝夕相处的同事,他们会真诚地对他微笑。经隔壁屋的中国人介绍,他来到工地上打工。那位中国人曾在蒙古国工作过。平时根本看不起的工作现在成了朝吉的救命稻草。工作很累,不过他很庆幸摆脱了那份清洁厕所的工作。最主要的是,自从有了工作之后,他就时常想念家乡,每每想起便觉得心里很温暖。工地上有不少和他一样的亚洲人,这让他想起了自己唯一的朋友呈贡。

他现在的工资比在饭馆时的高出了很多,他开始五美元、十美元地存钱。他拼命干活，把大部分工资都用在了吃饭上。他知道什么是饥饿，所以遇到乞丐总会投给他们几美元。他还学了几句英语，不过都是一些超市里用的常用语。

有一天晚上，他特别想念呈贡，便跑出去买了一张电话卡打电话。不管呈贡在韩国过得如何，他都想知道他最近的消息。说不定呈贡把自己在韩国的手机号留给他了，等着他打电话呢。

依然是半年前那个熟悉的声音！不过像过了半个世纪，听起来那么遥远，那么缥缈。

听到电话那端的声音，朝吉好像听到了父亲的声音，激动得竟然说不出话来。

“你好，你好！您是哪位？我是巴图道尔吉，你还在吗？”听到这个声音，他能感觉得到自己的每一寸皮肤都变得湿润了。

“道尔吉叔叔，你还好吗？我是朝吉，我从美国给您打电话呢。就是布恩巴尔克。”

电话那端的人又沉默了。朝吉听到电话那端的人呼吸开始加速，喉咙里发出了奇怪的声音。

“原来是我的孩子朝吉啊。”一声惊叫之后，电话那端又沉默了。

听到“我的孩子”这句话，朝吉觉得眼前一黑，不过心里突然就亮堂了。他不顾自己的形象，毫不顾忌地用颤抖的声音急匆匆地说道：“是啊，道尔吉叔叔，是我，我是朝吉！我……您……道尔吉叔叔，你们都还好吗？弟弟妹妹们好吗？您的身体怎么样了？呈贡有消息吗？我过得不错，一切都好，就是非常想念你们。您的身体怎么样？没生病吧？弟弟妹妹们怎么样？学习好不好？我还是老样子，在工地上干活呢，和呈贡一样。呈贡他好吗？他有没有留电话号码给我？道尔吉叔叔，您的身体还好吧？我的身体挺好的。我前几天病了一次，险些死掉，真是……不过您不用担心，现在已经好了。家乡那边也入冬了吧？这里下了很大的雪……你们家备齐冬天需要的煤了吗？不会挨冻吧？道尔吉叔叔，在吗？在吗？”

电话那端传来了抽泣声，朝吉有了一种不祥的预感。

“道尔吉叔叔……你们还好吗？道尔吉叔叔，发生了什么事？你们……呈贡的弟弟妹妹们还好吧？”

今天正好是呈贡出事后的第十天。他去韩国后在码头干活，给家里寄来前三个月的工资之后便出事了。他在货轮上卸货，突然被崩塌的两百个大型集装箱要了命。家里没有钱运回尸体，他永远地留在了大海里。

朝吉没有听完就挂断了。他回到出租屋，默默地坐了很久。他真想撕心裂肺地哭一场，可眼睛里却没有一滴泪。他的心里有一个坚硬无比的利器正在折磨他，让他喘不过气来。嘴里尝到血腥味时，他似乎感觉到了自己的死亡；他在空旷无边的思绪里无奈地徘徊着，度过了那天的黄昏和黑夜。直到天亮，他才摇摇晃晃地站起来走进浴室。他的脸已严重变形，连自己都认不出来了。他握紧拳头，用力砸向浴盆。殷红的血顺着手臂流了下来。但是……他一点都感觉不到疼痛。

现在他成了孤身一人，可以了无牵挂了。绝望的他拿起花洒的水管缠住脖子想把自己弄死。这样做时他毫不犹豫，毫无惧怕。他勒着脖子，越勒越紧……

他晕倒了。

直到中午时分他才醒来。他在浴室里躺了两个小时，知道自己还没死。他站起来，像醉鬼似的摇摇晃晃地走进厨房找凉水喝。喝水时他才发现自己的脖子疼得厉害。

他努力地回忆着昨天发生的事。他不敢相信呈贡已经去世，可是内心的疼痛告诉他一切已成事实。是的，在这个世界上，他现在是孤身一人。

过了好久朝吉才站起来，打开冰箱，开始吃起来。他一直在吃，不停地吃。现在的他尝不出食物的味道，也吃不饱，更不知道自己到底吃了多少。他瞪着眼睛一声不吭地吃着。他眨巴着黯淡无光的眼睛,只觉得自己已经两天没吃东西了。

第二天他到了工地,工友们指着他的脖子说三道四。工头本来想教训他一顿,当看到他暗淡的眼神和满是伤痕的脖子就没再说什么。现在,工友们根本不敢直视他。

"时间医生"从来不会享清闲。它趁别人不备时给人以伤痛,又乘虚而入,医治它带给人类的伤痛。它从人类那里取走了不少,赠予的也很多。伤痛随着时光的流逝一天天淡去,终于有一天,朝吉选择了新的生活。

他的脸上从此没有了笑容,目光也变得不再像从前那样温柔。不过连他自己都没发现这一点。他的目光很犀利,不大爱说话,可干起活来很认真,所以别人也挑不出他的毛病。

唯一能带给他快乐的地方是食品超市。每次领了工资,他便采购好几筐食物回家,利用假期慢慢吃。

尽管工作很辛苦,他的体重反而增加了一些,脚板大了一圈。他喜欢买最贵的东西吃,品味美食时经常会想起自己住在桥洞里的黑暗岁月,常常被当时的自己吓到,相比之下,他很满意现在的生活。他努力把时光也当成这一桌美餐吃进肚子里。

春天来了。有一天他睡醒后听到了从阳台上传来的鸟鸣声,这让他非常兴奋。他站在阳台上仰望天空,仿佛看到了呈贡的父亲因为贫穷而显得憔悴的脸庞。他想起已经有两个月没给呈贡的父亲打电话了,为此心存愧疚。他回屋在床上躺了很久,故作轻松地拨了电话。

"道尔吉叔叔,您好,是我啊,朝吉。"

"哦,这……我的孩子!我的布恩巴尔克……你还好吗?我的孩子。"

听到这句话,朝吉又哽咽了。世界上再没有人这么叫他了。"我的"这种称呼似乎已不再属于他了。是啊,他也可以是别人的"我的",他不是一个孤独的存在。

本来很想哭,可他这次像所有的成年男人那样控制了自己的悲痛。

“是的,我是您的孩子朝吉。你们还好吗?”

电话的那端沉默了。“孩子”这句话温暖了老人干瘪的身体和空虚的心灵。朝吉也猜到了老人的心思,电话里的两个人想着各自的心事沉默了许久。

作为经历过苦难的男子汉,朝吉首先打破了沉默。这一次他说话的语气硬朗了许多,这一点连他自己都不敢相信。

“嗯,弟弟妹妹们还好吗?”

“好,他们都很好,我的孩子。怎么说呢,他们都还可以。人还活着,就一定能想到生存的办法。已经死去的就可怜了,他还那么年轻……年纪轻轻的就走了……我那臭小子……你的好朋友,他都还没结婚呢。他为了我们才……我的朝吉,生活这么难,我们又能怎么办呢?都说好人不长命,看来这句话不假啊!你看看,我这糟老头还活着,我那儿子却……”

在电话里,老人的情绪非常激动。生活夺去了他一切美好的东西,他用血和泪不停地重复着那几句话,说话间早已泣不成声。世界上没有什么比男人的哭泣声还悲惨。

“我呢,还活着,儿子却死了,我可能还要受一些磨难才能去死。我也不知道自己到底造了什么孽。想到他的弟弟妹妹们,我才选择了继续生活。他的弟弟和妹妹……”

老人说最后两句话时,朝吉睁开了眼,他似乎明白了什么,一股暖流在他的体内油然而生。

他很庆幸自己还健康地活着,用颤抖的声音说:“道尔吉叔叔,你们放心,你们还有我呢。我朝吉还在!你们得好好活着等我回国。你们听好了,除了你们,我在国内一个亲戚都没有了,我想你们也很清楚这是什么意思。为了呈贡的弟弟和妹妹,为了我,您也得好好活着。您必须得选择坚强!”

老人的抽泣现在成了放声大哭。

“道尔吉叔叔,你要坚强一些,我过得很好,工作也还不错,工资不低。我已经适应了这里的生活,交了新朋友,语言也不是问题了。无论是谁,我都能用流利的英语跟他交流。估计您看到我会吓一跳,我又胖了,我给你们寄照片过去。我在这里很好,生活不成问题。对了,您的药好找吗?我从这里寄给您?美国什么都有,什么也不缺!”

那天晚上,朝吉睡得踏实而愉快。他第一次认真思考了他是谁,为什么要来美国,在为谁工作。起初他是为了金钱和美好的未来出国的。直到今天,他还没有足够的财力、舒适的生活、亲情和友情。他不明白自己为何还在继续生活,为何舍不得这里。他向道尔吉叔叔倾吐心声之后,整个人都变得豁然开朗起来,好像已经脱了胎换了骨。

他为了金钱来到美国,丢失了唯一的好朋友和美好的未来。他在这里受尽了欺侮,时常感到孤独和绝望,贫穷依然围绕着他。不过他选择继续在这里生活。这里的城市和人他已基本熟悉,这里的一草一木仿佛都在跟他说:“你是个外国人,你不属于这里,不属于……”现在他还不想回去,还没有等到最好的时机呢。他不知道这一天什么时候来,也没想过回国的具体时间。他还奢望着有一天自己能事成归国,从此过上幸福的生活。现在他在美国耗费着时间和青春。他舍不得就这样离开。为什么?他答不上来。他在混乱中看到了希望。

他觉得,自己的生活有了新的意义。

第二天一起床,他就把自己微薄的存款寄给了呈贡的父亲。他走进银行,连着喊了好几次“蒙古”才汇款成功。在回家的路上,他破天荒地哼起了歌。路上遇到的每一个人,他都给了真诚的笑容。

临睡前他还在担心自己是不是填错了收款人的名字。想来想去他就彻底失眠了。第二天一大早他就一路小跑到银行,可是对方根本听不懂他在说什么。最后他打电话跟道尔吉叔叔确认后才放心了。

从那天起,朝吉的生活有了新的变化。体弱多病的道尔吉叔叔、呈贡即将上大学的妹妹和在小学五年级读书的弟弟成了朝吉生活中的新动力。

他从早到晚拼命工作,利用周末两天清洗公寓和公园里的厕所,赚了比以往任何时候都多的钱。以前他用收入的一半支付房租,再买一些美食享用;现在他换了一处更便宜的出租房,也很少买昂贵的食品了。

听到呈贡的妹妹考取了好成绩,朝吉就高兴得像个孩子,立刻给他们打了学费。那一刻,身在美国的一个人和身在蒙古国的三个人同时落下了感动的热泪。

每周六他都往蒙古国打电话。他喜欢和道尔吉叔叔聊他的两个孩子。说起自己在美国这边的生活,他总是会说得夸张一些。他们每次都会聊上两个小时。聊完之后,朝吉会沉沉地睡去,第二天起床时心情总是特别好。

两个孩子把朝吉当成了救星,每次聊天他们都会得到许多安慰和鼓励。他每每想起自己和呈贡在一起的时光,就会给那两个孩子打电话。他们叫朝吉“兄长”,这给了他许多正能量。他开始往童装店跑,凭着自己的感觉买衣服、运动鞋、足球和电脑玩具寄给他们。呈贡和他在小时候没有足球玩,为此经常巴结那些有足球的有钱人。想到这些,他就给呈贡的弟弟寄了各种款式的足球。对于那些楼道球员来说,足球能一周不坏都算是奇迹。他知道足球能给那些穷苦的孩子带来怎样的快乐。每每想到这些,他就觉得自己无比幸福。

又过了一年。呈贡的妹妹开始上大二,他的父亲身心也逐渐好转,再也不聊关于死亡的话题了。老人天天担心朝吉,每天为他祈祷,为了不错过朝吉的来电,干脆就二十四个小时不关机了。老人喜欢聊美国,电视上一有关于美国的消息,他就把声音放到最大,听到坏消息血压就会上升,听到好消息便会默默地坐在那里笑很久。有邻居来看他时,他就把朝吉在电话里转述的内容说得有鼻子有眼。他生怕错过了朝吉的电话,手机不离手。

因为经常收到来自美国的礼物,呈贡的小弟弟在班级里的地位直线上升。他一改往日的懦弱和散漫,常说他的哥哥在美国,还把自己的衣服和玩具都拿出来炫耀。班里的孩子也不再嘲笑他,偶尔还有人讨好地送他一些小礼物。这位脸色偏黄的小男孩总是对美国寄来的礼物充满了期待,他的生活也因此变得精彩、有趣。

改变三个人命运的朝吉此时正在没日没夜地工作。他就像一位奶孩子的妈妈,变得异常忙碌。

有一天,他突然明白了金钱的意义。金钱可以给人带来幸福感,也能让人知道责任的重大,给人自信和尊严。为三个人而活,朝吉觉得现在无比幸福。是的,无比神圣,无比美好。

家庭的温暖成了朝吉赖以生存的救命稻草。

他活着不是为了金钱,也不是为了优越的物质条件,而是为了挽回做人的尊严。他不明白这种力量来自哪里,怎样用魔力穿越了时间。

新年来临了。

朝吉迫不及待地想要告诉他们自己准备了什么礼物。这次他准备了足够买下独门独院的钱。为了告诉他们这个消息,他一连打了好几个电话,都没打通。因为是新年,线路都很忙吧。他在家里来回踱步,最后一个人来到工地上的游乐场里逛。

他觉得自己现在最幸福。

在熙熙攘攘的人群中,他注意到好多人和他一样在思念着家乡和亲人。看到工友,朝吉的内心被温暖包围了。游乐场内装饰精美的餐桌上摆满了美食。

朝吉拿着手机,心里还想着道尔吉叔叔一家。音乐响起来时,人们的喧闹声变得忽远忽近。他和工友们围坐在一起,拿了一些点心准备吃。还没吃他便放下手里的美食,用手机拨通了国际长途。

“您好！是朝吉哥哥吗？是我。爸爸,朝吉哥哥来电话啦。阿姨,你快点,哥哥,哥哥来电话啦。我们等了你一天呢。爸爸特别担心你。在吗？在吗？您说吧,您还好吗？哥哥……”

听着电话那端的声音，朝吉感到鼻子酸酸的。

他本来想直截了当地告诉他们："你们很快就可以搬家了，我给你们准备了买新房的钱。我会把钱给你们汇过去，这是我送大家的新年礼物，今年你们可以在新房里过新年。寄人篱下的日子一去不复返了！这个礼物不是我给你们的，是你们的呈贡哥哥给的。"

他能感觉得到电话那端的人换成了道尔吉叔叔。"我的孩子，你还好吗？没生病吧？美国有我们这里冷吗？对了，对了，我想说什么来着？我这个榆木脑袋。我说……恩贡，你把电视给我关了，收音机也关掉。我都听不见你哥哥的话了……好了，我的朝吉，你听我说，我一直在想这么一件事。这电话，你能听见我说话吗？就像在你身边一样？电话这东西，真是个好东西。我闲扯了这么多，怎么把重要的事给忘了。我说……有一件事我想跟你说。我从电视里看到，轮船可是个庞然大物呢，大得就像苏赫巴托广场一样。甲板上可以站那么多人一起放礼花。那些人可真是吃饱了撑的，放礼花弄瞎了眼睛怎么办？在船上放礼花，还不如到山上去放。这轮船怎么那么大？阿弥陀佛，真搞不懂你们美国了！你可别上轮船，听到了吗？孩子！你也别在那儿工作。在那儿干，还不如回家舒舒服服地躺在床上呢。你别坐轮船，别打它的主意！如果沉下去怎么办？那些扶手坏了又怎么办？我们这里没有大海，我也没听说过你会游泳。你就躲得远远的！你就听叔叔一句劝吧！你连着好几天没来电话，我总是胡思乱想，也差点吓坏了两个孩子。我是老糊涂了，无论什么事总往坏处想。唉，也睡不着，喂，喂……"

电话又断了。

朝吉拿着手机坐在那里，不知道此刻占据他全身的是伤感、爱还是怜悯，一股暖流开始温暖他的全身。一个中国工人走过来用蹩脚的英语说："smile，smile，new year！"边说边给他拿了一块很大的奶酪面包。

朝吉报以微笑，他的全身已被巨大的幸福占据，现在他一句话都说不出来，也不想吃奶酪面包。他望着面前的盘子发呆，推了推自己的叉子。他惊奇地发现自己现在已经不饿了。

“真奇怪！”他很严肃地说道，又拿起手机拨打国际长途。他知道电话一会儿会接通，这次可以跟他们好好聊。家乡的三个与他没有血缘关系的人此时成了朝吉生命中的一部分。这次朝吉想告诉他们自己用辛勤的劳动赚来的新年礼物。今天是新年的第一天，谈论有关礼物的事正合适。

2006.6.15

2006.12.19

眼　睛

怎么会这样？他不敢相信自己的眼睛，不过也无法视而不见。他被这件事折磨了很久。

事情发生在一个月前。他在车里打盹，等朋友下来。此时，一个女人拄着拐杖，一步一步地向前挪动，准备绕过停车场旁边的儿童游乐场。她是一个瘸子。“真可怜，肯定不是天生就这样，可能是因为意外或病痛才这样的。她走起路来像个刚学步的孩子，真够可怜的。”他觉得女人可怜，点了一支香烟。

都半个小时了，朋友还不出来。他听着车里的广播，仔细看着那个老女人，真怕她会在那里摔倒。不知不觉中他睡着了。不知过了多久，有人在敲他的车窗。是那个女人！就是那个刚才要绕过儿童游乐场的女人！他坐起来，摇下了车窗。

“老弟，你好！我想问你一件事，你在这里待了多久？”

小伙子看了一眼手表说：“半个小时……不，差不多一个小时了。我等我的朋友整整一个小时了……”

“哦，是吗？那你有没有看到一个穿着红褐色大衣，牵着一条大狗的中年男人？我正在找他……”

“没看见。您是说穿红褐色大衣，牵着大狗的人？没有没有，在我睡觉之前他肯定没有经过这里。不过打盹的时候……”

“你什么时候开始睡的?”

“这个,我在两点四十的时候看了一次手表,所以大概是在两点四十五、五十那会儿眯了一会儿吧。”

“那……谢谢你,弟弟。如果你看见他,就帮我留意一下他进了哪个单元。我得去一趟超市。”她说完便蹒跚着走了。

小伙子点了点头,打了个哈欠,看到她的背影,差点跳起来!女人手里的拐杖不见了,她走起路来一点都不吃力。

奇了怪了!就是刚才那个女人啊,穿着深色的皮衣,头发是橘子黄的……没错,一定是她!不过……难道是她的孪生姐妹?就算是孪生,也不可能靴子都一样吧?不过一个小时前她还是个瘸子啊。她瘸着腿,拄着铁拐杖呢。的确是个残疾人……可是现在……他从车窗探出身子仔仔细细地看着她。那女人走起路来健步如飞,进了附近的一家超市。不一会儿,他的朋友就出来了。漫长的等待让年轻人有些不愉快,不过也没说什么,简单聊了一两句工作的事情就启动了汽车。

第二天他又去那里送朋友,又看到了那个女人。她和那位穿着红褐色大衣,遛狗的男人坐在住宅楼单元门前的长椅上聊天。小伙子仔细观察着女人有没有带拐杖,结果什么也没有看到。

这一次,他的朋友还是让他等了很久,他又在车里睡着了。他梦到有人举手要打他,从梦中惊醒后,看到那条大狗正趴在车窗上看着他。小伙子大喝几声。女人听到动静,跑过来把狗牵走了。她像个熟人一样回过头来和小伙子点头微笑。她的腿脚好好的,根本看不出昨天她还是个瘸子。小伙子觉得,昨天一定是在梦里见过这个女人。梦里的她瘸着腿绕过儿童游乐场。

他的发小成立了一家公司,因为公司没有什么资金实力,也就没有什么员工。他也是这家公司的主要负责人和投资人。朋友几天前才拿到驾照,用银行贷款买了车,生怕出事,才叫刚从部队复员的他来当几天司机。他的朋友承诺要付给他高薪。是的,小伙子当司机刚好一周。

在名单列表上,他们的公司有十名员工,实际上也就他们两个人在维持公司的运转。他的发小最近一周以来频频与这位有实力的企业家会面,向他阐释自己的想法,希望能够得到这位企业家的资金支持。发小上去谈业务,小伙子就坐在车里等他出来。

看到瘸女人的第三天,这位新司机待在车里百无聊赖,就到附近的健身广场上去健身。他旁边有一位老人正在抖动自己的胳膊和腿。他们自然就彼此打招呼。

他们站在那里抽烟时,那位穿着深色的皮衣、头发是橘子黄的女人从第一单元出来了。没过多久,牵狗的男人从第五单元走了出来。女人正在叫那位牵狗的男人。

年轻人问道:“您认识那位姐姐吗?”

“你是说那个把头发染成橘黄色的女人吗?她叫米格玛车仁,是个舞蹈演员,现在退休在家。那时候她年轻啊,现在有没有五十岁啊,不过跳舞唱歌的都退得早。”

“她以前拄拐吗?”

“米格玛车仁吗?当然不。她那么健康,而且又积极。小区里的儿童游乐场就是在她的建议下修缮的。有了她的功劳,咱俩才有机会在这里锻炼啊。她现在正在努力规劝这里的居民不要让宠物在小区里随地大小便呢。换个人去说,大家肯定不能接受。现在的人,脾气都怪。她脾气倒是特别好,所以事情才做得这么漂亮。那位穿红褐色大衣的男人搬过来不久。他的那条大狗到处跑,儿童游乐场里到处是它的粪便。”

“您从未见她跛脚吗?我是说,残疾……”

“喂,你这孩子瞎说什么呢?那么健康的一个人……”

“嗯,好的,我……我看错人了。她有孪生姐妹吗?那天我见到一个跟她一模一样的人,瘸着腿,走起路来很费力的样子。然后过了一个小时再看,她就完全好了。我以为自己做梦了,回家后翻来覆去地想,好像也不是那么回事。我看到这位姐姐的时候,手机上来了一条短信。回家后我总觉得这事有些蹊跷,拿出手机一看,短信是两点钟发来的。来短信的时候我正醒着，当然就不会在做梦。真奇怪。”

“我不知道她有没有孪生姐妹，没听说过。就算有，也应该和米格玛车仁一样聪明，人缘超好吧。”

“和她一样，穿着皮衣，把头发染成橘黄色。”

“我的天啊，头发的颜色也一样？不过双胞胎通常爱好也相同。”

“不知道了。我记得不仅是头发，就连靴子也一样，前面有这样的铁片装饰……很怪，是舞蹈家们的专用靴吗？底部还有红色的薄铁片……真奇怪。”

“你不应该说舞蹈家们，应该直接说舞蹈家。你这孩子，怎么连母语都说不好了？”老人微笑着岔开了话题。

此时，小伙子的朋友也出来了，看起来满面春风。

从明天起，他们要更频繁地过来才可以。发小的方案终于得到了企业家的支持。想到很快就能发工资，小伙子精神多了。他不想在等待中浪费时间，于是开始自学英语，发奋读书。

在学习的同时，他也没有忘了继续观察女人和那位牵狗的男人。女人和牵狗的男人彼此成了朋友。有时候男人坐在长椅上，女人替他遛狗。大狗已经学会了在固定的垃圾桶旁边大小便。头发染成橘黄的女人真是一位驯狗高手，因为狗的主人都给女人留情面，这大狗自然就变得很温顺。司机觉得这件事很蹊跷，越想越觉得蹊跷。

他当司机已经半个月了，也就是说，在第十四天朋友还是让他等了两个多小时。他见了小区里所有熟悉的面孔，唯独没看到那个女人。穿红褐色大衣的男人来回踱步，焦急地等待着什么。在第十五天，第十六天，第十七天，第二十天，他都没看见那个女人。一看到红褐色大衣，司机就会想起那个女人。

自从发小的计划实现之后，他们就很少再来这个小区了。在整整一个月之后，为了敲定最后的合作方案，他们又来了一次。

发小一上楼就谈了两个多小时。到目前为止，司机还没领过工资。不过他仍相信未来，在煎熬中继续忍耐着。除了等待，他也别无选择。

他下车准备抽烟，翻遍了衣兜也没找见打火机。此时身后响起了脚步声，那个“老运动员”过来了。

“你还好吗？小兄弟，你还在等你的领导吧？”老人先开了口，拿出打火机递给他。他们一起吸烟，坐在长椅上。老人说自己身体已明显好转，睡眠也好了很多。他高兴地说：“现在还不错，能一觉睡到天亮呢！”

“喂，咪咪，过来！”听到一个女人这么说话，两个人同时回头，都想看看她是谁。橘黄色头发、穿深色皮衣，靴子上有红铁片的女人出现在单元门前。大狗扑了过去。大狗看到久违的主人非常高兴，亲昵地舔着她的手。司机看到这一幕微笑着摇了摇头。他一个大男人，竟然怕狗！别说是别人家的狗，就连小时候他奶奶养的那条哈巴狗他也怕。“你看这个女人，能跟这条大狗混得这么熟。”

大狗跑回去找它的主人。此时女人拄起了拐杖！是绿色条纹的铁拐杖！小伙子嘴里的香烟早已掉在地上，他站起来回过头去看她。

女人拄着拐，跛着脚艰难地向前走了几步。红褐色大衣赶紧前去迎接。他扶着女人走向游乐场，朝这边过来了。小伙子目瞪口呆，看到坐在长椅上的老人的表情也和自己的一样。

“你看到了吗？拄着拐吧？绿色条纹……我不是跟您说过吗！拄着拐，走不动路……我问过您她瘸不瘸吧……”

老人看了一眼司机，转过头去看女人。

“她是米格玛车仁，还是她的孪生姐妹？”

现在，老人一句话也说不出来，在长椅上默默地坐了一会儿，然后麻利地站起来打招呼道：“你还好吗？米格玛车仁。”女人没有立刻回答他，上气不接下气地喘了一会儿才说：“好好，您还好吗？”

老人小声对司机说：“她就是米格玛，不是什么孪生姐妹。”

司机也小声说：“我说什么来着？拄着拐吧？我说她是瘸子吧，这下你看到了吧？快看，快看……”

老人没说话，走了过去。

“老哥，我能好到哪儿去？我在浴室里滑倒了，腿部骨折，住了好几天院呢。我这还真是捡了芝麻丢了西瓜。我明知道浴室的地板非常滑，还跑那么快。我一头撞在墙上，晕过去躺了一个多小时。我儿子回来才给我叫的救护车。到现在我还不能走路。我平时那么爱活动，现在变成这样真郁闷。”

“我说，那可真是不幸。是在浴室冰冷、坚硬的地上摔的吗？这真是飞来横祸呀。”老人说道。

他边说边看着身边的小伙子和米格玛车仁。女人拄着拐艰难地继续前行。她是个十分要强的女人，此时正强忍着疼痛，颤巍巍地绕过游乐场。穿红褐色大衣的男人想去搀扶，女人根本不让。

司机愣在那里，大声说：“真是奇了怪了！”

“什么？”穿红褐色大衣的男人问道。

“我在一个月前见过米大姐像今天这样艰难地遛弯。然后……我再看一眼时，她竟然健步如飞。第二天过来一看，她还是健步如飞。我就问这位老人她是不是有腿病，老人说根本不可能。你看她现在，我说的千真万确，信不信由你。那位老大哥肯定记得我问过的话。就像我在那天见过的那样，现在米大姐的腿瘸了，以前她可是健步如飞的人啊。我坐在车里看见过她无数次。老大哥，当时我是不是跟你说过这件事？”说完他看着那位老人。

老人用厌恶的目光瞪了他一眼，说道：“你为什么要诅咒一个健健康康的人？这小伙子真是的！我可想不起来！你是不是以为我老糊涂了，你一说完我就给忘了？我觉得你真怪，作为蒙古国人，能不能积点口德？这个年轻人……太讨厌了！”说着他擤了一下鼻涕，用沙子埋掉地上的鼻涕之后气呼呼地走了。

穿红褐色大衣的男人对小伙子说：“有时候我也觉得这一幕似曾相识。”说完吹了个口哨，带着大狗回家了。

小伙子目不转睛地盯着那个女人，把手揣进右边的裤兜里掐了一下自己的大腿。他嘴里的香烟早已落地，现在已经和脚下的沙土混为一体了。他退回去坐在长椅上。发小出来时他没有像以前那样主动去迎接，还坐着继续发愣。他坐进车里时,也没有跟发小提起这件事。反正说了他也不会相信。他觉得自己是那位老人所说的“口无遮拦的人”,而这一切,他根本忘不掉。开车之前他战战兢兢地看了她一眼。女人拄着拐正在艰难地向前走。她想绕游乐场遛弯。在小伙子看来,她的残疾肯定是天生的。看她走路的样子,颤颤巍巍的。

2011.11.2

遗 产

“祖父手里的笔掉地上啦!”堂哥这样小声告诉我的时候,我正在给祖父画像,那年我九岁。

屋里的人们停止了穿梭,好像太阳从天上消失了,可怕的安静笼罩着屋子。窗帘明明开着,但夜晚似乎突然来临了。人们都围着老人,一动不动地站着,一个个活像雕塑。那时候我只是个小孩。十分钟后,佛祖带走了祖父,我从黑暗的屋子里走出来,看到外面刺眼的阳光。从那一刻起,我便不再是小孩子了。

祖父手里的笔掉地时,我的画还没画完。听到有人喊,我站起来,像猫一样蹑手蹑脚地走进祖父的房间。至今我也不明白平时活蹦乱跳的我那天怎么就成了轻手轻脚的人。

正在走向死亡的人,正在吸最后一口气的老人!

我不知道围在祖父身边的人们都在想什么,可我很清楚他们看到了什么——恐惧。是啊,巨大的恐惧!他们害怕极了。

当时的我不知道他们怕的是什么。多年以后我长大成人,有一次看着祖父的遗像想起他去世的那天,突然明白了人们害怕的原因。我第一次知道生活的恐怖,浑身开始瑟瑟发抖。看着九十岁高龄时离开我们的祖父,他们其实都没有怕。他们怕的不是骨肉分离,因为九十岁也算终得圆满。只是……恐怖依然无声无息地占据着他们的身心,他们想到自己也会那样死去,才感到害怕。这也没有什么不对。

那年我九岁。站在那里,我感受到的却是爱,而非恐怖,当场能够感知爱的就只有我。我手里拿着那幅还没完成的画,纯真地看着祖父渐渐地停止了呼吸。

他们说,祖父去世时遗书还没有写完。人们说祖父生前的遗嘱本上罗列了与他相关的好多人,每一个人都得到了遗产和临别赠言,写到最后一个人时他手里的笔就落到地上了,祖父也失去了知觉。没有得到遗产的人就是我!我默默地盯着那本遗言簿,一眼扫过其他的名字,最后才看见自己的名字。想到没能从祖父那里得到一丁点儿的遗产和遗言,我"呜呜"地大哭起来。我这么一哭,吓坏了家里的人。祖父给他们留下了丰厚的遗产,只是不包括他最小的孙女!当时我还没意识到失去了世界上那个最疼爱自己的人,一想到没有任何遗产就觉得给祖父画像有点自作多情,愣愣地站在那里。

有人用白布单盖住了祖父的脸。

我纵身跑过去推开他的手,掀起祖父脸上的白布单,端详了一会儿,俯身去吻他的脸。

巨大的恐惧和丰厚的遗产之后,悔恨、悲伤和感恩一同向我袭来。愣在那里的人们看到我的举动一起惊呼,一位叔叔过来轻轻地拽我,叫我离开那里。

我猛然回头,吓到了那些人,他们齐刷刷地后退了一步。看到我无比镇定,还面带微笑,他们的确被吓坏了。

我逐一扫视他们的脸,举起我手中还未完成的画像,用娇生惯养的孩子常用的口吻说:"我过去把这幅画画完再过来,行不行?等祖父睡醒了我再送给他。"我的口气咄咄逼人,带着野蛮和自信。人们一下子就安静了。我走到大门那边,用憎恨的口气警告他们:"我看你们谁还敢盖住祖父的脸!"

祖父的遗产惠及他的兄弟、儿孙和远亲。他甚至给二十年前死去的弟弟的两个孙子留了一笔遗产。大家都说那笔遗产很贵重，艺术博物馆的馆长来找过他好几次，他都没答应捐献。祖父把那个带有纯金配饰的腰带送给了我哥哥，那是我们家族的见证；把白玉石的烟嘴留给了我爸爸；把产自达里岗厓的精致马鞍送给了姐夫；把祖母用过的贵族头饰和镶着珊瑚、珍珠的发卡给了姐姐；把存有他毕生积蓄的储蓄本交给了他的儿媳，也就是我的妈妈。他们都说祖父很早就开始准备这些，清点每一笔遗产和它应该归属的主人，毫不含糊。

只是，没有给整天黏着他的孙女我留下任何东西。

这个话题在亲戚之间持续了很久。祖父的遗产都有了归属，他们都加倍珍惜那些东西，到了迫不得已的时候才卖了换钱。就这样，祖传的东西一件件地外流，最后什么也没剩下。那些东西就像祖父的呼吸一样渐渐地从我们身边消失了。偶尔有家庭聚会，人们才带着遗憾和惋惜提及那些遗产，说那金腰带和白玉石的烟嘴真是难得的好东西。

长大结了婚，我抱怨过祖父一次。当时我的男人赌博上了瘾，债台高筑。那晚我抱着孩子久久无法入睡，想到祖父给其他人留了那么多东西，却没有留一丁点儿东西给我，感觉鼻子酸酸的。到了第二天，这种怨气早已云消雾散。对我来说，祖父本身就是个宝，我不大奢望什么丰厚的遗产。其实，也不是祖父写到我名字那儿就断了气，这应该是他早计划好的。那天早上，亲戚们围上来的时候，他还拿着遗言簿仔细核对每一个人的名字，还说了一些祝福的话呢，然后才签上名字，念诵着六字真言咒闭上了眼睛。也就是说，这一切都在他的掌控之中。我小的时候亲戚们故意隐瞒了这些细节，等我长大懂事了他们才带着忧郁的神色跟我解释。等我完全懂事时，父亲才如实告诉我这些。他带着怜悯的眼神说了一些安慰我的话。他说：“你还能想起祖父最后的几天吗？你好好想想，他没和你说过什么吧？”我并不觉得委屈，只是有点奇怪祖父立遗嘱时怎么会忘了我？不过我也一直没当回事。

怀上了第一个孩子，我时常梦见祖父。我也奇怪为什么梦境总是一次次重复。每次梦到祖父，我都会进入无限的悲痛中，也会勾起我儿时单纯、美好的回忆。

那时还处于社会主义时期,我还小。那时我们的房子都有统一的样式,像是从一个模子里刻出来的。日子也和房子一样平淡无奇。不过房子的位置还不错,屋前屋后都有用树木当院墙的花园。祖父去世的第二年,我们乔迁新居,之后就很少再去光顾那座老房子了。明明知道我儿时的伙伴们都在那里等着我,我依然不愿意回去,总觉得祖父在那里站着或坐着等我。我越来越笃信这一点,为了不让我的美梦破碎,才故意不回去。我相信祖父还坐在屋外的木头长椅上叼着烟斗,根本不能接受坐在那里的不是他,而是别人。只要一过去,我就会泪眼婆娑。就让过去的事情过去好了。就像那些逝去的韶光一样,我也会像祖父一样离开这个世界,所以应该给世界留下一点念想才对。回忆是生活里最纯真的东西,为了保持回忆的纯真,我们有必要定期清理自己的内心;为了对得起曾经,对得起曾经的纯真,我们有必要时刻审视自己。过了许久我才明白,与祖父有关的回忆常常让我从满是污垢的现实生活里抽身,告诉我真正爱和被爱过的人如何进行自救,如何保持内心的纯净。

有一次,我告诉父亲自己常常梦见祖父。父亲瞪大了眼睛看着我,小声问道:“在梦里祖父都和你说了什么?”

“不知道……应该是……不过一样的情节总是一次次重复。”我如实地回答。

“什么样的情节?”父亲小声问我,声音开始颤抖。

“他总在老屋的花园里走来走去,指向那边说着我听不清的话。”我伤感地说。

父亲低下头,默不作声。

孩子就要降临了。我决定生儿子,就给他起和祖父一样的名字。结果我生了个女孩儿,由她的外公为她起了名。看到爷孙二人,我突然想起了祖父,眼泪“哗哗”地流个不停。我知道那是幸福的泪。

时光如梭,现在女儿已十岁。本以为会无限延长的幸福突然转了个弯,曾经每天跟我说“我爱你”的老公现在睡觉时喜欢背对着我。这样的日子持续了整整一年。

有一天晚上他又醉醺醺地回家,女儿听到动静便去扶他,给他解开领带。他竟然流着低贱的眼泪说:“你是爸爸活着的全部意义。”听了这话,我便知道一切都完了。

他有外遇这件事我早有察觉,不是亲眼所见,所以就糊里糊涂地到了今日。一切就这么结束了。想到自己十年来苦心经营的幸福在一瞬间崩塌,所有的悲伤、嫉妒、气愤、厌恶、自信都变得不复存在,心里变得空落落、冷冰冰的。这样的日子也没过多久,空落落的心里又装满了气愤、厌恶、后悔、绝望和煎熬。我憎恨、厌恶那个将我的男人从我身边抢走的女人,每日以泪洗面,折磨自己也折磨他,无休无止的家庭大战就此开始。

崩塌的废墟里也有生存空间,所以我们没离婚。女儿在眼巴巴地看着我们,我俩谁也迈不出这一步。幸福的日子渐渐远去,幸福的反义词成了我们生活的整个面貌。

我悲伤地发现我的脾气一天天在变坏。在镜子里看到头发一把把地脱落,我绝望地想,什么时候这一切才可以画上句号?

离开镜子的时候我也给自己打气,心想从明天起要让这些倒霉的日子去见鬼,然后才上床睡觉。

第二天睡醒后,躺在床上静静地看着自己男人的脸,我在心里悲伤地大喊:“我爱他,无比地爱他。”

我的男人起床准备去上班,在门口吻了吻女儿,转过头无奈地跟我说:“今晚我要早早地回来,说到做到。”他不敢直视我的眼睛。他出了门,我的后背就感觉凉飕飕的。我让自己接受这样的事实:“爱,我还爱着他。”

我的心现在已支离破碎,身体被切割成了几万块。爱,不爱。爱,不爱。爱,不爱。爱……

小时候郊游我喜欢采花瓣玩。如今我要面对的是比花瓣还要珍贵、还要娇嫩的女儿。她似乎在一次次地问我,你爱不爱?爱不爱?爱不爱？你爱不爱？每每这样，我就能感受得到一些单纯的东西，那些比娇嫩的花瓣还要单纯的东西正在悄无声息地片片凋零。我在煎熬中挣扎着。

熬过七个月就像过了七年。老公决定和那个女孩断绝关系。之前他从未向我透露外遇的事，这次却直视着我说："我决定放弃她了。没有你，日子将无法继续。你能原谅我吗？让我们重新开始吧。"听到他的决心，我便断定之前的猜测很准，再一次黯然神伤。

是啊，他说了这么一句话，把一切都掏空了。我什么也没说，转身进了卧室。

那天晚上我又梦见了祖父。

他和十年前一模一样，还叼着长长的烟斗，在云雾缭绕中眯缝着炯炯有神的眼睛望着远方，指着那里和我说着什么。

醒来时，我已泪流满面。他躺在我身旁，看着我流泪。从他的眼神里我看到了悔恨和期盼，突然觉得他很讨厌："我梦见的不是你，是我的祖父。"说完我便转身去睡。

两天后，我拿出自己最心爱的旅行包，把衣服都找出来往里塞。老公刚好下班回来，被这一幕怔住了。我不紧不慢地把需要的东西放进包里，最后找出雨伞准备出门。老公挡在前面不让我出去。

"让开！"这声音大得连我自己都被吓了一跳。老公笨拙地挪开身体，跪在我前面。

"不要走，起码也应该替孩子想想吧。"他的声音不大，带着微微的颤音。

"让开！"我还是很决绝。

"我不！"说完他鼓起勇气站起来，用双手扶住两边的门框。这不像是一个成年男人做得出来的动作，充满了天真的傻气、无聊和后悔。我的心里稍稍舒服了一些，不过还是给了他一巴掌。我的天哪，这一巴掌力气怎么那么大，下去之后我的委屈和悔恨瞬间消失了。两个小时之后我走出家门。发现新起点的愉悦、痛下决定的爽快包围着我，让我浑身微微发烫,那才是真正的安慰。老公怕同时失去我和女儿两个人,紧紧抱住女儿不肯松手,女儿拼命地喊着:“妈妈,别走!”她的声音颤抖着,完全失去了理智。坐上行驶在黑夜里的火车,听着它均匀的节奏,我走进了一个全新的境地。想到第二天便能抵达故乡,我的心早已飞回那个祖父还健在时的幸福童年,单纯、美好的回忆迎面扑来。我似乎能闻得到、摸得到它,可以依靠它的光芒取暖。抚摸着老屋,我的手指都能感觉得到来自内心的愉悦。

“不知那里现在住着什么人?会让我进去吗?进去了我会有怎样的感受?墙壁应该都焕然一新了吧?”带着种种猜测,我轻轻按响了门铃。

“啊,你是来买房的吧?”

大门开启后,这是我听到的第一句话。

“是的。”

我不知不觉撒了谎,之后便不再言语。

“来,来,进来看看,屋里特别暖和。我们的广告发出去才一天您就来了。买这套房子,肯定不叫您后悔。屋里住着特别舒服,所有设施离你都那么近。你从窗户往外看,看到用树木做院墙的花园了吧?那里特安静、特舒服。小卧室门上面的那一排衣柜有点糟糕,我准备找人弄一下……”

女房东喋喋不休地说着,她的最后一句让我幡然醒悟,我这才想起自己现在在哪里,为何而来,今夕是何夕。我握住她的手大喊:“不用,不用修!”房东被吓了一跳,仔仔细细地打量着我,不说话了。几分钟过后,我在小时候最喜欢的那间屋子里喝着茶,在女房东犀利的目光之下跟她聊着老屋。

“这里是我的家乡,我就是在这老屋里出生的。”说话间我险些流下了泪。

是啊,我马上就决定了,房子我要买下来。女房东听了我的经历很感动,同时也感觉到了我的购房意向,马上抬高了房价。就这样,我买下了二十年前曾经生活过,在我梦里萦绕了十年的老屋,开始了新生活。

回老家的第一天晚上我又梦见了祖父。他手里拿着玉石烟袋坐在屋里,突然指向窗外的花园,接着说了几句话,便在缭绕的烟雾中消失了。天还没亮我就醒了,这场梦让我没有一点睡意。起床后我翻报纸,找了个装修工,打算把年久失修的老屋装点成新的居所。

装修房子花了很长时间,老屋实在太老了。我用满是回忆的目光看着师傅们正在揭掉的墙纸,就好像也揭着我的心。我目不转睛地盯着那里,回忆着往事。

我和哥哥姐姐小时候写下的誓言和墙纸一同被撕去,父亲亲手刷漆的窗台和妈妈隔一天就擦一次的窗户也消失了,取而代之的都是闪闪发光的新玩意儿。

“这是什么?”有人在问我。我回过头发现那个摇摇欲坠的门板被装修工拽了下来,从双层的门板中间掉下来一个灰色的包裹。心跳几乎要停止,我抽了筋一样站在那里动弹不得。装修工仔细扫视了一遍,准备打开包裹。我以惊人的速度跳过去,从他手里夺过包裹,朝他喊道:“不要打开！这是我的,知道吗？是我祖父留给我的。”当时我像极了九岁那年,说来也怪。

我走到屋前那座无人看管的花园里,坐在长椅上,努力让心跳回归正常,努力不让我的手继续颤抖。我在那里坐了十几分钟。

“包裹里会是什么?”我忍不住猜。是祖父祖母留下的当地特产,还是银子、族谱或者是秘藏的经文?

现在我想不起来当时想了些什么,我坚信包裹里的东西一定不是凡物。想到多年前关于遗产的那次风波,我觉得祖父给我留下的东西一定是涉及整个家族的精细之物,不是他和祖母的结婚证书就是他亲手写下的个人传记。此刻,祖父一定在天上看着我。想起这些,我的眼睛又被浸湿了。

这么多年过去了,包裹竟然没怎么受损。打开包裹,我首先看到的是发黄的纸张,像一被触碰就会损坏似的。在那张发黄的纸上有祖父的手迹,还是用传统蒙古文写的。我的喉咙里像卡住了什么东西,开始哽咽。

我拿起那张泛黄的纸,透过泪水去阅读上面的文字,试了几次都看不清。我小心翼翼地拿起包裹放在长椅上,开始号啕大哭,久久不能平静。

平静后,我用衣服的里子擦了擦被泪水浸湿的手,长长地舒了一口气,开始读那封信:

> 这封信是我留给小孙女格日勒图雅·斯尔丹巴的遗书。你是我心中的太阳,你的格日勒图雅(光芒)始终照耀着我。只要有你在我身边,面对死亡我依然能保持快乐,能够安详地闭上眼睛。你是祖父一辈子做好人的理由,也是佛祖赐予我的礼物,是我耄耋之年的伙伴。我的黄毛丫头是我策·哈如拉唯一的财产继承人,我所有遗产唯一的继承人,具体内容已写在你右手的掌心上。

我激动而又伤感地读着信,完全惊呆了。我闭上眼睛,坐在那里努力让自己平静下来,把信读了十遍。

我的脑海里出现了我九岁时坐在祖父腿上玩耍的情境。

那时候祖父常常观察我的掌心,微笑着吻我的额头。我想了好长时间才弄清事情的来龙去脉,感觉心里五味杂陈,再一次大哭起来。我的生活赐予了我最大的财富。

我仔细端详着自己整日给女儿洗衣服、给老公熨衬衫、忙着擦地板的手,现在手指都已变形。一出生我便有了自己的财富,它容不得玷污,不管生活有多苦,也应该拿起手中的笔。我是别人的母亲和妻子,同时也是画家和雕塑家呀!

我轻轻地吻了那封信,就像最后一次吻着祖父。再看包裹,里面还有祖父祖母的合影一张,一个厚厚的笔记本。我小时候讲给祖父的故事,祖父都记在这个笔记本里,笔记本上还有不少我儿时的画作。

小时候的故事里有好多英雄,正义总是能战胜邪恶,故事的结局总是美好的。那时候一到晚上祖父就让我讲故事,然后把这些故事都记下来,厚厚的笔记本里记录了近两百个童话故事。其他孩子的祖父都给孩子讲故事,祖父却喜欢让我讲。我讲故事时,祖父身临其境般瞪大眼睛竖起耳朵来听。他有听障,但能听得懂我的故事。我讲完故事,他点点头说:“嗯,讲得太棒了,我的黄毛丫头可真厉害!”有了祖父的鼓励,我变得自信起来,每次都会使出浑身解数把故事讲得一次比一次精彩。

长大后我要是生孩子,希望都生男孩。他们十个人都是英雄,其中一个应该和祖父一样会写字,脾气也好。还有一个得像我哥哥那样,能跑进熊熊大火里去救人。我给十个孩子十匹长着翅膀的飞马,再建一所供他们上学的大学校。学校里的老师都得像我祖父,因为祖父爱读书,听别人讲故事从不插话。我曾给祖父发誓,要常常保持微笑,所以现在不能哭。我是那十个英雄的母亲,所以也不能总吃糖果,偶尔才可以吃一颗。小时候我给祖父发过誓,要成为当今世界最著名的画家,我要开始画马。我画的马翅膀都很长,一个是蓝色的,另一个是黄色的。我要骑着它去给那些无法独自入睡的孩子们讲故事,送给他们我的画作。得到我的画作,孩子们也会成为画家。

就算是失忆的人,偶尔也会有记忆。祖父在我心里还是老样子,他的音容笑貌依旧在我眼前。我终于明白了那场梦的前因后果,原来它一直在呼唤我。

我走到一棵大树下停下来。小时候祖父和我经常在这棵树下找“秘密”玩。我每天问祖父:“您最爱的人是我还是哥哥?”祖父闭上眼睛,假装在思考,然后在我耳边说:“我去花园把答案藏起来。如果你找到了写有‘我爱你’的纸条,这一天你就可以心想事成;找到的纸条上如果写着‘不爱你’,那你肯定要倒霉。”

一大早我便跑向花园。大树下有三处记号。

祖父和我找两种颜色的玻璃碎片埋起来，祖父背着我在闪闪发亮的玻璃碎片下压两张分别写有“我爱你”和“不爱你”的纸条。如果我挖到了写有“不爱你”字样的纸条，就会变得特别乖巧，跟祖父坦白自己做过的所有坏事，保证此类事情不再发生，得到祖父的原谅之后我才能安然入睡。到了有标记的地方，我就用大拇指轻轻拨开盖在上面的土，找出玻璃碎片下发亮的纸条。小时候可真好。

身体硬朗的祖父有一天突然害了病，整整半年都卧床不起。有一次他坚持坐起来，独自走了出去。没有人知道他出门见了谁，聊了些什么。

明明知道树下不可能有什么，我还是忍不住蹲下去挖。挖了半个小时，竟然找到了一个“秘密”。我无法压抑激动的心情，哼着歌站了很久。

早已想不起这是我和祖父什么时候埋下去的“秘密”。玻璃碎片下竟不是我和祖父写“秘密”时常用的黄、蓝、绿三种颜色的俄罗斯巧克力纸，而是一小片绸子。我非常惊讶，拿开玻璃碎片拽出绸子。绸子被人用心地打了结，装在透明的塑料袋里。我本不应该期待什么，可还是忍不住打开了塑料袋。在那张纸上，有用传统蒙古文的草体认认真真写的三个字。

我无比激动，蹲下来抱住那棵树，接着发了疯似的挖起来。挖了二十几分钟，找出了九张“秘密”。“找秘密”是我和祖父给这个游戏起的名字。每一个“秘密”的内容都一样，在一张发黄的纸上用传统蒙古文写着“我爱你”。字写得有些潦草，可还是能看得出是用了心的。纸张被褐色的绸子包着，被放在透明的塑料袋里。

躺在病床上的祖父那天说要出去透透风，原来是为了这个。祖父用这种方式给我留了遗产。他在跟我说，就算长大后经历了世间的磨难和困苦，也应该保持一颗单纯的初心，给生活一个漂亮的答案。

祖父年迈之后常常解读我的掌心线，说我必能长寿，智慧和善缘会一直伴随着我。他一次次地吻我的手掌，还把手含在他牙齿掉光的嘴里，用舌头胳肢我的掌心。我的手早已不再光滑，它经历了太多太多，它给孩子喂过乳汁,被它抓过、捏过、摸过的东西不计其数。拿着装有心灵秘密的小袋子,我竟像喝醉酒似的摇摇晃晃地朝屋里走去。

进了屋,我把装满祖父体温的小袋子放在嘴唇上吻了许久,站起来拨通了老公的电话。心里的抱怨和憎恨此时竟然全都消失了,我带着虔诚的心,用热恋的口吻把祖父留给我的那句话激动地跟他说了九遍。

我爱你。

2008 年 11 月 9 日—10 日交替的夜晚,于温州市

可怕的东西

都仁气喘吁吁地进了屋。他跑累了，走进厨房一屁股坐在椅子上。他稀疏的头发被汗水打湿了，显得他更加萎靡不振。

老婆希热布从他身边走过，嘴里说道："哼，简直是个落汤鸡！"

"老婆，你等等。"

"你进来时能不能先把鞋脱了？"

"等等，老婆等等！"

"我刚刚拖了地，你根本不在乎，所以我也不在乎你，今晚没东西吃！"

"一碗冷饭也行啊。"

"想吃就自己做。"

落汤鸡没有办法了，从冰箱里拿出一瓶凉水，"咕咚咕咚"灌了一通。外头可真热呀。

都仁喝了水，拖着疲惫的身体到外屋脱了鞋，把鞋摆放在鞋架上，擦了擦落在上面的灰尘。他像犯了什么错似的，用孩子般的眼神看了一眼大模大样地站在那里盯着他的老婆。他不敢直视老婆，轻声说道："好久没这么跑了。"

除了"哼"一声，老婆什么也没说。都仁解开衣扣，长长地叹了一口气,用变了调的嗓门尽量压低声音说:“你猜我刚才看到了什么?”

“什么?”

“我一看见,就站在那里不敢动了,因吃惊,嘴巴张得很大……”

“你的墨镜呢?”

都仁一跃而起。别说是鼻梁上,衣兜、裤兜、钱包里都没有。他又弄丢了,又……

“不会吧?不会是……”

他刚这么一说,老婆就操着俄、蒙、英三种语言把他骂得狗血喷头,骂完就去了客厅。

老婆骂得对。都仁在近三个月内弄丢了三副眼镜。他摇着头,没有自信地挪动着身子跟着老婆来到客厅。老婆正坐在客厅的沙发上,都仁很清楚现在老婆是什么脸色。

他不敢吱声,走来走去,最后才哆嗦着说:“以后再也不买墨镜了,真是麻烦死了。买也要买最便宜的……”听到此话,他的老婆冷笑了一声。

跟这个女人结婚二十五年了,第一次看见她笑。老婆一年只笑一次。说“笑”也不准确,只能说她那表情跟“笑”很接近。是在生日那天,而且也就那么一瞬间,看到都仁给她买的礼物,她才笑一次。其他的三百六十四天里他根本看不到笑容,不过他也已经习惯了。不管怎样,包括给她讲几个爆笑的段子,她那光滑的脸部皮肤连动都不动一下。刚结婚时,都仁只能看她的脸色过日子。他安慰自己说:“我看她也不错嘛,不轻浮,坐得住,她的爸妈很有钱,如果有一天作了古,那财产都是我的。如果她是一个爱热闹、爱聚会的女人,那也不容易应付。她倒是让我省心!”作为上门女婿,他还能期望什么呢?

他曾经无家可归,连一双换洗的鞋都没有。同事们都说他是个有前途的小伙子,可是看到他白衬衣的袖子上打了补丁,都故意转过头去。突然有一天,老天爷给了他足够的面子!他竟然勾搭到了一个在市中心有房子,毕业于某高校(刚过门的时候,岳父只给他看过一次硬皮的学位证书,然后就放起来了。不过从骂人的话里也能听得出来老婆的外语水平不低）的女人。简而言之，这个女人除了婚前生育过两个孩子之外，没有缺点，毕竟她是这座城市首富的独生女啊。说他勾搭有点玄，应该是被勾搭的。幸运啊，真是太幸运了！

没有什么比变化来得更快。打着补丁的白衬衫被换成了英式西服，穿黑色裤子时刷黑色鞋油、穿棕色裤子时刷棕色鞋油的皮鞋已被德国产的高级皮鞋代替。时光飞逝，他的日子开始一天天好转，那些饥饿的男人和穿得不够好的女人不再入他的眼。他怕回忆自己混在平民当中的岁月，真心感谢带着两个女儿从天而降的这位天使。和得到那双德国皮鞋一样，转眼间岳父给了他一家大型公司，他成了那里的主管。是的，他现在是富人，是领导。

“我回来时没开车。有好几年都没有步行了，今天本打算出出汗……”

老婆还是不说话，丢了那么昂贵的墨镜，给他脸色看是再正常不过的事。

“乌兰巴托和以前不一样了，跟我们那时候也不一样了，到处都是新建筑。”

老婆依然假装没听见。都仁用尽全力缓解这尴尬的场面。他提了提嗓门说：“今天天气还不错，就是有点热……”

话还没说完老婆就转过身来。都仁像一张被划了一道的碟片，声音戛然而止了。

“你能不能先回答我的问题？”老婆从牙缝里扔出了这么一句话。落汤鸡的后背开始发凉。

“什么来着？”

“墨镜啊，我在问你八百五十美元的墨镜怎么弄丢了。我在问你这个，你经常弄丢的墨镜！”

“老伴儿啊，是我给弄丢了。如果再买，就买最……”

“你要买便宜的？你就买吧！买吧！你不买布朗德墨镜戴，你有车不开，以后你少往我的脸上抹屎！”

“老婆，你错了……”

“那你说得就对吗？”

老婆直勾勾地盯着都仁,像只狐狸一样从他的身边走过去。被这毒辣辣的眼神戳穿后,都仁愣在那里缓缓神,跟着老婆进了厨房。他在厨房里不知所措地站了许久,然后突然想到了什么,愉快地说:“差点忘记跟你说了。真是的……我这记性,差点忘记了。”

都仁说着拿出两个碗,把瓶底的冷饮均匀地倒在碗里,又给老婆的碗里加了点,擦了擦汗,壮着胆子示意老婆坐下。

他老婆还不知道要发生什么时,都仁带头一屁股坐在凳子上。

如果老婆生气了,都仁别说插话,动也不敢动。今天倒好,他的笑脸让她坐了下来。都仁把老婆摁在椅子上。他的老婆猜不出他要怎样,刚刚还红润的脸变得惨白惨白的。都仁睁大了眼睛,鼻梁上冒出了几珠汗水。

“我刚刚遇见一个非常可怕的东西。”

听到这句话,他的老婆缩了一下身体,或许她的后背也开始发凉。她没有说话。

都仁猜到了这一点,继续说道:“从中央广场那里回来时发现路上的人多,我就抄小路往家走,就是从政府西边……”

“然后呢?”

老婆的声音有些刺耳。不过都仁权当这是鼓励,继续说道:“那边行人少,安静,步行回来也很舒服,不用与各种各样的垃圾行人擦肩而过……那边也干净。那儿是艾洛特式的巷子,恐怕那是唯一的一条与我们的身份相匹配的巷子。”

“然后……然后呢?”

“那边的树木都被修剪过了。”

他的老婆没有吱声。

“那边的商店真多。一楼的住户全部改成商店了。”

“谁不知道这个呀。”

“看着那些商店我就想,是不是也应该给你找个店铺,然后咱们也开始经商……”

“你到底想说什么?是想让我当个售货员吗?匪夷所思!”

老婆的脸又拉了下来。她变得不耐烦,比之前更生气了。他慢慢安静下来时,她说:“然后呢?”她应该对这个话题还感兴趣。

“然后?然后啊……我刚刚说什么来着?”

“你不是看见了一个可怕的东西吗?”

“哦,对,那个……”

“哪个?”

“那个……我就那么走着,迎面走来两个年轻人。看着年纪不大,大概不到二十岁吧。”

“是吧。”

“两个人都挺高的。”

“继续……”

“大概有一米七五。”

“哪个?”

“男的。”

“然后呢?”

“当时巷子里就我们三个人。真没办法,那是大使巷,不是谁都可以去散步的,那里都是外国人。他们都代表各自的国家,自然和别人不一样。如果每一个人都可以去那里散步……”

“接着说,然后呢?”

“女孩子的裙子很短,她穿着黄色的鞋,人很瘦。”

“黄的?”

“对,黄的。跟你那双红色的鞋子差不多,对对,肯定没错。”

“我的红鞋?那可比不了。我的那双鞋,巷子里的女孩可买不起,那是真正的意大利布兰德,你这傻瓜,听听你这比喻……”

“你说的也是。”

“然后怎么了?快说呀。”

“然后能怎么样,我就觉得他们是天生的一对。”

“那又怎样?”

“能怎么样，就像咱俩年轻的时候。咱们也年轻过，是吧?”

“哦，我不太知道了。关于你的青春，我更想不起来。”女人高傲地上下打量着都仁。

“我说，然后能怎么办呢？我就靠近他们，跟他们擦肩而过。”

“然后呢?”

“擦肩而过的时候我仔细一看……”都仁说到一半，拿起面前的凉水“咕咚咕咚”地喝了下去。他喘着粗气，腹部的起伏变得很明显。

“你猜我看到了谁？是谁?”

“谁啊?”

“我当时完全愣住了。”

“是你的熟人?”

“不是的，不是。”

“我的熟人?”

“也不是。”

“是模特吗？经常出现在电视里的那个……”

“不是啊，不是什么电视里的人。我以前可从没见到过这两个人。”

“然后，赶紧说下去啊，你愣在那里做什么?”

“现在……”

说完都仁又开始喝水。他拿毛巾来擦汗，先擦额头，然后擦了擦脖子上的汗水。

老婆突然笑了一声。都仁目不转睛地看着她。老婆又笑了一声，然后开始笑得前仰后合。

这下都仁完全惊呆了。二十五年来他从未见过老婆笑，更别说笑出声来。都仁像被施了法术，变得动弹不得。

“嗯，知道了知道了。肯定是职业杀手，夫妻档吗?”

老婆在哈哈大笑，虽然只是皮笑肉不笑，却也笑出了声。

“对……对……没错……就是他们。也够幸运。你看清楚了吗？嗯？怕不怕？估计你被吓破了胆，哈哈哈哈，我知道你会那样，哈哈哈，如果让我碰见……”

“什么杀手！你在胡说什么呀?”

“怎么了？不是谋杀那位著名运动员的两个人吗？电视上不是播了整整一年吗？怎么让你碰见了？还恰巧碰见了。如果让我碰见……我说,你在怕什么呀？傻瓜!”妻子高傲地说道,然后继续皮笑肉不笑。

“错了,错了！他俩不是杀手!”

“什么?”

“我说他俩不是杀手!”

“你不是说他们是一男一女……”

“他们为什么非得是杀手?”

“你怎么知道不是?”

“电视里不是说杀手是身高一米六左右的两个人吗?”

“对啊,然后呢?”

“他们很高。男的差不多有一米七五……”

这下老婆的脸色变难看了,她的双手放在胸前,像墓碑似的坐在椅子上。过了一会儿,她温柔地说:“然后呢?”这声音和她冷漠的脸并不匹配。

“大白天杀手肯定都在家里啊,他们不是到了晚上才出来工作吗?要不然早被警察抓去了。”

“我们的警察什么时候在晚上工作来着?”

“如果我是警局局长,一定让他们这么干。”

“然后呢……”老婆说这话时,明显比刚才冷漠了。

“我走路的时候心里想着别的事,本应该可以擦肩而过,对,我可以不用仔细看他们。我在公司是领导,看一眼就能知道谁是谁。我的眼睛不会放过从我面前走过的每一个人。”

“哦,是吗?”

“擦肩而过的时候我冷不防地看了他们一眼,结果……”

“是外星人吗?”

说完老婆就笑了。

“你能不能不嘲笑?”都仁的言语里带着明显的委屈。

“没长眼睛?”

“有。”

“没有鼻子?”

“怎么可能没有鼻子? 五官俱全,跟我们没啥区别。当然他们跟我们不是一个档次的,怎么能跟我们一样呢。我是说,就眼睛和鼻子来说,跟我们没什么区别。”

“然后呢?”

“然后那女孩的眼睛特别大。对,当时我的墨镜还没丢呢。我仔细看过她的眼睛。我急着告诉你这些,一路小跑,结果把墨镜弄丢了。对,对……我记得我的右手拿着墨镜,左手……”

“她的眼睛怎么了?”

“没什么啊,就是特别大。”

“好吧。”

“当时我只觉得她的眼睛特别大,没别的。”

“然后呢?”

“然后……我假装没看她的眼睛……假装就这么若无其事地走过去。我这么大一个领导,怎么可能在巷子里盯着人家小姑娘……”

“然后呢?”

“然后我听见对方好像说了句什么话。”

“跟谁说的?”

“跟我呀,我。”

“好吧。”

“我停下来,问她说了什么? 你猜她说什么?”

“什么?”

“对,对,她说能不能给她一点钱。对,就是这么说的,我听得清清楚楚。”

“是附近的女孩吗?”

“不知道啊,我怎么能知道这附近都住着什么人?”

“是你熟人的孩子吗？”

“不是不是，肯定不是。我怎么会认识这种穷鬼。”

“女孩说什么？”

“女孩吧。”

“你总是借钱往别人脸上抹屎……”

“唉，我借钱是因为……”

“这个，你这是在说什么？”

“不，不是我说的，是女孩说的。”

“就这么说的？”

“我愣住了。原来是一群小乞丐，我第一次见到活人要饭。”

“哼。”

“不过你不敢相信他们是乞丐。长得那么好看……好看的人怎么可能当乞丐，是吧？你好好想想啊，长得好看，还没钱花……”

“她穿着黄色的鞋？”

“对，对。乞丐应该穿着褴褛的衣服才对啊，不过他们的衣着还不错，至少不是脏兮兮的那种……”

“当时你说什么？”

“我差点被吓死，我说我没有钱，这的确是句真话，钱都在你这里啊……”

“他俩呢？”

“他俩没怎样啊，我还以为他们要出手。”

“没揍你？”

“没有，没有。我也不能挨揍啊。”

“也对。”

“是啊，是啊。”

“以后别步行，谁知道巷子里都有些什么人！别受了伤回来给我添乱。你怎么还步行了？好好的车不坐……”

“谁说不是呢。要是天再黑一点……说不定就被杀了。夫妻俩穿得体面,杀了人也不会遭人怀疑,对吧? 而且还长得那么好看……这些浑蛋……就算杀了人……"

"真可怕。"

"小伙子说要跟我借个火。很明显是想知道我口袋里的东西。"

"你说什么?"

"我说我没有打火机。"

"他说什么?"

"他瞪了我一眼走掉了。我有十几年都没下过车,看来世界都变了,变了。"

"哼,那女孩长得好看?"

"好看。"

"大眼睛?"

"对,大眼睛,长睫毛,真好看……"

"男的也帅气?"

"对,对。帅气,个子也高。"

"哼,漂亮的乞丐,高个子的乞丐! 都从你身边经过?"

"当然,我看得清清楚楚。"

"她那么漂亮怎么还沦落到乞讨的地步?"

"是啊,眼神也好看。那么好看还乞讨,真是怪了。我都不敢相信有这么好看的乞丐,当时我都被惊呆了……"

"谁说不是? 长得好看,个子又高,怎么不去傍大款?"

"对,我也是这么想的。光天化日之下也不嫌丢人。如果出卖身体,这么漂亮的女孩肯定……"

"对,漂亮的乞丐! 身材高挑的乞丐!"

"乞丐!"

"真是奇了怪了!"

他们不约而同地一起去伸手,想拿放在他们面前的那杯水。

2006 年

狗 窝

早晨起床后,他从窗户往外看,可没看到他的狗。

"狮子!"

他的心像被什么东西刺了一样疼痛至极,不过他没有立马跑出去,而是像一只猫一样轻手轻脚地走到狗窝旁,惊呆了。狗窝内空空如也。突如其来的不祥之兆撕裂着他的心,不过他现在还不敢相信眼前的一切。

一切都在眼皮底下,他用目光扫了好几次院内的小房子和破旧不堪的两间仓房,还是没看见狗。的确没有。找遍了都没有。他给那条突然从人间蒸发掉的宠物行了个注目礼,然后像突然被一块带刃的巨大的黑色石头击中了似的,俯下身去,双手勉强扶住了狗窝。他咽了一下堆积在口腔内的唾液,唾液像钉子一样划伤了他的喉咙。

"我的狗!"

他拖着石头般沉重的双脚在院内走了几步,房前房后又找了一遍,不知所措地摇晃了几下,腿一下子就软了。

"狮子啊,我的狮子!"

一

以前他根本没意识到,从一个人对狗的态度可以看出他对人的态度。关于这一点,他听都没听说过,原来真的可以从人对狗的态度看出他的性格。他第一次带着狗走到楼道里,便体会到了这一点,被吓了一跳。他知道他的狮子还小,不过这还是让他很难过。

是的,刚一出门,他就成了“明星”。他切肤地感觉到,人类已失去光芒几百年,唯独他的心还发着光,那样可怜,那样左右为难,那样孤单地在疼痛。除了伤感、尴尬、愤怒、惊讶、厌恶之外,他的心还被另一种情感牵引着。是的,那种情感便是恐惧。对,他的确害怕。他的狮子还是条幼崽时,体积就像牛犊那么大。他曾带着它躲过了太多恶毒的目光,所以现在才感到如此害怕。那时候人们都像看外星人似的看着他和他的狗。他们当然不只是看一下,而是故意凑过来说一些风凉话。

“你这条狗从哪儿买的?”

“不是买的。”

“嗯,你也别太牛了。这不是一条蒙古狗。爽快地开个价吧。”

“我不卖。”

“卖了吧,多少钱?”

“我说了,我不卖。”

“去你的,原来是一条杂种的藏獒。我们院里的狗比这个大多了,头也比这条狗大,嘴角都到这儿了。”

听了这种风凉话,周围竟然没有一个人搭腔。

“你的狗多大了?”

“十个月。”

听了这句话,人们不约而同地唏嘘了一下,片刻后又恢复了安静。

“啊,看来你这条狗可以长很大。”

“对,对,那还用问吗?”

“十个月大了,那就已经一岁了,那不算大。如果是一岁的狗,我还嫌它有点小呢。我家那条狗……”

“还不到一岁呢,两个月之后它才满一周岁。”

“兄弟,狗的岁数都是双倍增长的,所以说你这条狗已经两岁了,那它还算大吗？去你的，显然很小。我那条狗啊……”一个身体壮实的男人从白色的吉普车里探出头来这样说。

狮子被周围的氛围憋坏了，突然一跃而起奔向他。小伙子赶紧摇上车窗，过了一会儿又打开车窗用愤怒且失去信心的口吻说道：“你真的不卖吗？嗯？”说话的样子像在谴责某人。

“不卖。”

开吉普车的男人咬着牙，在当今社会的新环境下咬着牙。他是个见啥就买，买啥就炫耀啥的“新新人类”；他是个性格傲慢，目中无人，整天用快马、豪车和美女抬高自己身价的“新蒙古人”。他们买牛马是为了炫耀，买狗当然就跟买鼻烟壶一样也是为了炫耀。他知道这样的人肯定不会在乎狗的感受。他肯定喂它最昂贵的午饭，给它搭建最昂贵的狗窝，不过他不爱狗，也不陪狗一起玩，他养狗只是为了炫耀。是的，对于嗜血恶魔而言，活物都是他的装饰品。

在众目睽睽下，男人发动汽车，故意朝狗冲过去，听到狗的一声惨叫，才得意地开着车离开。大家先是叫出声，之后你一言我一语地骂起了那个家伙。

“真是个爱吹牛的家伙！”长着大龅牙的男人先骂道。

“他就是个垃圾！”

“就算买回去了，狗也不会喜欢他。就他这种货色！”

“差点就撞上去了，那个浑蛋！”

“希望他的车四个轮朝天，驾驶室往天上飞……”

听到最后一句话，大家都哈哈大笑起来，心情也好了许多。

穷人现在开心了。穷人都不喜欢富人，这是世俗！他有时也会想，在贫富不均的时代里，大家都怎么生活。富人是因为机缘巧合还是因为……总之受苦人总是看不惯那些正在享受的人。那些富人是不是用一辈子在积攒钱财，也在积攒孽缘？可怜啊……在当今社会，就算你是用自己的勤奋一步步富起来的，还是会有人嫉妒你，有人对你阳奉阴违。这些人性的弱点，夺走了很多人对未来的信心。所以有些人在不知不觉中钱包鼓了，也就没有了朋友。这才是最可怕的，足以让人郁闷。富裕，是恩赐还是考验？

“刚才那句话未免也太毒了吧?”他这么想着，牵着狗准备离开人群。

“唉，我认识的人那么多，为什么还是喜欢和畜生对话……”他自言自语道。这样的自言自语更加证明了狮子存在的必要性。他更愿意和动物说话，这样的习惯保持了好多年。

看热闹的人们都已散去，那里安静了许多，只有拿骂人当乐子的几个人还在那里。

“能跟您的狗合一张影吗?”其中一个人问道。他愤愤地想:“又不是你的狗，你拍照后给人炫耀又有什么用?”说来真怪，好多人都会抱着别人的孩子说:“你的孩子太可爱了，让我跟他合张影吧。”有人还想和别人的狗一起合影。这估计都是一些把动物当玩具的人。如果不是为了炫耀，远远地拍上几张不就完了吗？不过他只是想，没说出来。只有不能说的话，没有不能想的事。

“好吧，不过这狗不一定让陌生人靠近它。”

“我就喜欢狗、动物和小孩。让我试试。”大龅牙边说边靠近狮子。“什么狗和动物？难道狗不是动物吗?”他一点都不喜欢这个贪恋虚荣的家伙。平时大家看见狮子都惧它三分，这一次它大吼一声就冲了过去，差点让那位喜欢狗、动物和小孩的家伙屁滚尿流。其他几个人也叫着喊着四处逃命去了。

“这狗可真凶!”

“哟，看起来像一头熊。你看看那身段和脑袋，气派，真气派!”

“好好揍它一顿，它就老实了。别让狗咬了人。年轻人，如果那样，等待你的就只有大牢!”

“什么破东西！成天跟人在一起还看不惯人!”

“真他娘的！吓死我了……不得好死。”

他安慰了一下自己的狗，准备马上离开。他艰难地逃出人们的咒骂和嫉妒，一路小跑着绕到一座大房子后面才放了心。

“叔叔，叔叔，等等我。”

他回过头，看到一位十一二岁的小孩跟在他后面，正喘着粗气。小男孩穿了一件非常宽松的绿色裤子，右手插在裤兜里，把流了很长的鼻涕吸溜进去，用左手摸了摸脸，用清脆而伤感的声音问道：“叔叔，那狗是你的吗？”

“是啊。”

“它真漂亮。”

“你要问什么？”

“我……我就想问这个。”

“问什么？”

“问这条狗是不是你的。”

“当然是我的，它叫狮子。你养狗吗？”

“我不养狗，不过我超喜欢狗。”

“是吗？”

“妈妈说要给我买一条，可现在别说买狗的钱，我们就连买面包的钱都没有。不过一切都会过去吧。”

“对，钱慢慢会有的……”

“对对。我将会是个有钱人，妈妈也这样说。等有了钱，我和妈妈就买一条狗。”

“好好，你想买一条什么狗？”

“就跟您的这条狗一样。”

“是吗？”

“我经常上网看关于狗的资料。只要是关于狗的文章，我都可以用英文浏览……”

“嗯，你家里有网络吗？”

“当然没有，我们连房子都没有。”

“那你们在哪儿住？”

“如果是冬天，我和妈妈就住在丹德尔哥哥的院子里；如果是夏天，我们就住在火车站。”

“火车站……”

“妈妈为了多卖一些水果，经常在候车室里睡。住在那里比住丹德尔哥哥家舒服多了。如果能免去警察的打扰……”

“你上网、喝咖啡还要花钱吧？”

“我去一家名叫嘎拉德泰的网吧，给他们拉客户，他们就赏我一个小时的免费上网时间。”

“哦，比起我，你很有经济头脑啊。他们赏你一个小时？然后你就开始疯狂地玩游戏？”

“不，我可不像傻子似的玩游戏，他们一直开枪，直到倒下去死了，没完没了。那样看起来太傻，我只找狗的咨询，坐在那里浏览。”

“哦，是吗？那你知道有关狗的门户网站的网址吗？”

“什么是门户网站？哎哟，您的狗在撒尿，您看看它的家伙！”

“它憋了很久了……刚才围上来一大群人，就是不让它尿尿。”

“您的狗是藏獒吗？”

“你还真懂狗。刚才有个警察说我的狗是圣伯纳犬呢。”

男孩笑得很开心，然后收起笑容思忖片刻后说：“这么好看的藏獒，一定很贵吧？”

“是有一点贵。”

“它看起来真可爱。”

“你不怕它？”

“为什么要怕？这么可爱的动物都怕，那我就完蛋了。”

“哟，你也知道什么叫‘完蛋’？呵呵……”

“叔叔，我也特想拥有这样一条狗。可是，它吃得特别多吧？”

“也不算多，这狗个头大，很聪明，食量却不那么大。”

“一天吃多少钱的？”

“哦……我还真没算过。”

“如果我一天挣五百图格里克，能养这么一条狗吗？”

“你一天挣五百图格里克吗？”

“以前我每天可以挣一千图格里克，给妈妈五百。妈妈每天不喝奶茶就有晕倒的危险，她卖水果特别不容易。叔，你们这些养狗的有钱人肯定不知道，有人买了东西不给钱，有人会咬一口我们的水果，还动手打我妈妈，让她退钱给他们。你说那些咬过的水果怎么处理？我又不能吃。我再穷，也不能吃别人的口水吧……”

“有人打你妈妈？”

“经常这样，不过……”

“老弟，那你还真需要一两条这样的狗。”

“好像也不行，那样顾客害怕狗都不来买水果了。是我自己特别喜欢而已，你看它多可爱。”

“可爱只是它的一个方面。”

“我在攒钱，把钱埋在丹德尔哥哥家院子里的厕所后面了。现在不多不少藏了两千六百五十图格里克。”

“哟，真的吗？这么有钱！如果每天喂狗要花去五百图格里克，那你自己吃什么？”

“不用担心这个，我可以不吃饭，我很早就学会这个了。有人说那根本不可能，可我就能做得到，很简单。”

“你要是养这么大一条狗，自己也得长大才可以。不然就不是你遛狗，而是狗遛你啦。你自己也得吃饱喝足才能长大，等你大了再养藏獒吧。”

“狮子的力气很大吗？”

“我有时都控制不好。”

小男孩皱着眉头想了一会儿，担心地说道：“看来我得先长大。”

“当然啦，长大有诸多好处呢，呵呵呵……”

“大孩子都不会打架啊。”

“估计是，叔叔要回去了。”

“叔叔，我可以抚摸一下您的狗吗？”

“我怕它咬你。”

“求你了，叔叔，就一次。求你了，叔叔，可以吗？”

男孩都忘了吸溜一下越过他的上唇、接近门牙的绿色鼻涕，站在那里可怜楚楚地央求着。

“好吧，不过你要小心。等等，我想个办法。”说完他逗狮子玩，把手伸进口袋里，拿出一小条肉喂它，并示意小男孩现在可以过来。

他知道狗可以把这个瘦小的男孩咬死，可还是无法拒绝这个男孩。小男孩慢慢靠近狗，张着嘴默不作声地站了一会儿，然后以惊人的速度冲过来跪在地上，用稚嫩的声音说：“这狗可真大，这狗真可爱，是条好狗，好……”他一边说着一边伸出手去抚摸。狮子安安静静地看着他。

狮子没有咬他的手，而是摇着尾巴亲切地闻着。小男孩忘记了一切，仿佛全世界只有他和那条狗。他和狮子说话，用头贴着它的头，双手抱住狗的大脖子，吻了狗的鼻子。

他不是个吝啬鬼，不过现在忍不住地想打断小男孩。狮子摇着尾巴闻他，想跟他一起玩。

刚刚在形形色色的人群里，狮子还心烦气躁，不过这个流着鼻涕的小男孩给了它从未有过的力量。

狗的主人看着男孩想起了自己的童年。

小时候他养过一只乌龟，当时他们母子二人还买不起这么名贵的狗。他的母亲勤劳、严谨、聪慧，没曾让他缺衣少食，也没有让母爱缺席过。现在，有钱人养狗是为了看家护院，普通人养狗是为了炫耀。

小时候他没有那么多奢望，只想养一条狗。那时候乡下人开始远离牛羊，纷纷奔向城市，根本不再需要狗了。城里人养起了时髦的德国犬，真正的蒙古狗却不再有人喜欢，成了捕猎手黑爪下的牺牲品。

他没有告诉母亲自己的愿望。原因再清楚不过了，他们带着老人刚刚从乡下搬到城市来，还寄居在亲戚家的院子里。后来他们都有了工作，生活条件也好了一些。他是家里的长子，父亲刚刚去世，他有责任照顾这个家。他的五个弟弟妹妹相继毕了业，他还要看着他们成家立业。

他的母亲夜以继日地工作，甚至都拒绝改嫁。孩子的孩子出生时，她依然是“大姐”。他继承了母亲的善良、低调和坚强，不仅关心别人，也开始关心自己身边的各种动物。

二

他刚买来狮子时，又买了另一条狗给它做伴。他不喜欢只养一个动物。买来另一条小狗时，狮子才六个月大。当时狮子刚刚脱离主人的照顾，正在院子里称王，没有把那条小狗当成伙伴，而是当成了竞争对手。

那条名叫“索穆”①的小狗，被买回来的第一天很想它的母亲，整日嘤嘤叫个不停。他整天忙着爱抚和安慰索穆，忽略了狮子的感受。偶尔瞥它一眼，看到狮子像条死狗一样安安静静地躺在那里不肯动弹，他感觉很奇怪，过去轻轻爱抚它。狮子睁开眼睛看了他一眼，没有舔他的手，也没闻，又像死了一样沉沉地闭上了眼睛。他更觉得奇怪，在狮子旁边坐了一阵子，又跑到索穆身边给它喂牛奶，梳理毛发，清理眼屎。不知不觉中，这一天就过去了。到了晚上，他给狮子端来食物，它还是那么冷酷，动也不动，更不要说撒娇。他逗了一下狮子，便抱着那条小狗进了屋。第二天，他去给狮子添食时吓了一跳，狮子正流着哈喇子，无精打采地躺在那里。看到食物，它并没有像往常那样兴奋起来，连闻都没闻一下。他正感到奇怪时，索穆又嘤嘤叫起来，所以他爱抚了一下狮子，就跑去照顾索穆。过了二十几分钟，他回头看狮子，发现它一口都没吃。他赶紧跑过去，狮子只看了他一眼，就把眼睛闭上了。摸了摸它的耳朵，就像摸了一把火。他惊慌失措，在院内来回踱步，又想起了什么，准备了更好吃的东西给狮子。

尽管索穆还在嘤嘤叫着，但是他没有理睬，陪在狮子身边坐了一个小时。他明白，狮子没害病，它想要主人的关爱。他开始和狮子说话，祈

① 索穆：在蒙古语中意为箭。

求它的原谅。“我找它来,只是希望你有个伴儿。”说这句话时,他的声音在颤抖。整整一个小时,他都在安慰狮子,爱抚它,给它挠痒,坐在地上让它枕自己的膝盖。此时,索穆挣脱掉狗绳跑了过来。此时安睡的狮子一跃而起,恶狠狠地瞪着它,龇牙咧嘴,狂吼着威胁它。小狗嘤嘤叫了几声,后退了几步。他没再护索穆,捡起石子把它赶走了。他抱起狮子,安慰它,从口袋里拿出松软的黑面包,用口水蘸湿了喂它。狮子用余光盯着索穆,看着它走远才长长地舒了一口气,走到它的食槽旁。他的心,彻底被戳痛了。吃了东西,狮子马上就退了烧,在很短的时间之内恢复了往日的朝气。它忘记了所有,过来闻着他的手,含情脉脉地看着他,似乎达到了它预期的目的。他知道每一条狗都想成为主人的唯一,不过还没见过哪条狗可以为此疼痛,甚至发烧。第二天,他呵斥索穆,抱着狮子待了一会儿,坐在不远处看着两条狗进食。不久,狮子的脾气开始好转,不再排斥索穆,当索穆撒欢时,还会配合着摇一下尾巴。他满意地告诉自己说:“谁说动物没有人性?”狗不仅通人性,还是很敏感的动物。他把这些经历告诉自己的亲朋好友,他们都不敢信以为真。他越来越觉得,人性是人和狗之间的感情纽带。狮子想成为他的唯一,为此可以付出任何代价。

人和人的性格迥异,狗也不例外。索穆的个子矮小,非常聪明,也馋嘴。狮子偶尔吠几声,在它面前完全像个大人物。狮子很快接受了索穆,任它在自己身上跳来跳去地撒欢。狮子不贪食、安静、稳重;索穆则性子急、焦虑、爱叫、胆子也大,可以在转眼之间就捕捉到一只鸽子或者别的鸟,它似乎可以一直那样不吃不喝。狮子并不护食,吃东西时主人伸进去手它也不生气,大吼一声,像院子里的主人一样大摇大摆地离开。有一次,索穆溜进屋里偷吃锅里的食物,导致腹泻,险些死去。狮子终日守在它身边,舔舐它,晚上为它挡风遮雨,时时安慰它。当狮子打疫苗发烧时,索穆置之不理,属于狮子的那份食物也被索穆一扫而光。尽管如此,它们还是成了彼此的朋友,这跟人类的友谊没什么区别。人类的友谊,不就如此吗?肯定是一方总在给予,另一方总在索取。总在索取的那个人，爱嫉妒，希望朋友只属于他一个人，索穆就是这样。索穆刚来狮子的领地时，狮子为此伤心难过，发起挑战，没过多久便接受了这一现实，收起了所有的怪脾气。索穆却总喜欢抢风头，想以此来博得主人的欢心。如果狮子在索穆撒娇时走到主人身边躺下，“索穆”也会心生嫉妒。

比来比去，他还是喜欢狮子。当狮子笨手笨脚地走到屋里来躺在地上，地板被它踩出很大的动静时，他常说：“你这呆子，就不能乖巧一些吗？”狮子可以为主人赴汤蹈火，而索穆常常觉得有奶便是娘。主人不在家时，狮子不吃不喝，头朝外躺在大门那里，仔细辨别一切动静；索穆却无所事事，等主人回来后才开始摇头晃脑，大献殷勤。

有一次他外出很久才回来，差点没认出狮子。狮子从一头大家伙瘦成了一堆肉干。它看到主人便一跃而起，拴狗绳缠住了它的脖颈，可它依然在向前冲。邻居夫妇发誓说他们给的狗粮并没有减少，对此他也深信不疑。索穆在这几天里迅速长胖，还吃光了终日担心主人而无心进食的狮子的那份狗粮，毛色变得异常柔顺。一看见他，索穆便发出了欢快的叫声，而此时狮子已叫不出声。看一眼他便明白了一切，紧紧地抱住了狮子。狮子用沙哑的声音嘤嘤叫着，长长地叹了一口气，就像初次到他家里一样，流下了热泪。

和索穆一样，狮子出生还不到两个月就被他带回了这里。这里不乏偷藏獒的人，所以第一天他就把它放在小柜子里上了锁。当时，晚上可以搬进屋里来让狮子过夜的铁笼子还没做好。小狮子整夜不停地哀号，用爪子挠柜门。他静静地听着动静，没有起来安慰它。天刚放亮他就起来打开了柜门。小狮子刚刚断奶，又冷又怕，整夜都没睡，柜门一开便跑出去，让主人抓回来，又一顿哀号。他把小狗举起来，看到它正在流泪。“可怜的小家伙……”他嘴里这么说着，自己也险些落下泪。以前他几乎不知道狗也会哭，那可怜的小东西！佛祖分给人和狗的眼泪一样多，狗也会经历分离和撕心裂肺的疼痛，也会为此哭泣。

世上还有比人类更自私、狡猾、狠心的动物吗？他不明白为何中亚和高加索地区的人们会割掉牧羊犬的尾巴和耳朵。据他的朋友说,那是为了让狗在打架时能够占据有利地位,才在狗很小的时候就割掉它们的耳朵和尾巴。他的朋友说,如果狗的大耳朵在打架时被对方咬上一口,那不就完了吗?他觉得这不是理由,没有了耳廓,狗就能听到更小的声音?像狐狸尾巴一样美丽的尾巴被割掉了,狗就能变得更聪明?

“什么什么!割了尾巴狗能变得更聪明?狗又不是用屁股听动静的。”这么一想,他把自己给逗乐了。

“我估计呀,在冬夜里蜷缩时,狗往往用尾巴挡住脸和鼻子来取暖。没有了这样的温暖,它就整夜睡不着,能够更好地看家护院……”

呸!真是垃圾!听到这里他就生气了。人类想要用自己的意志改变这个世界,为此奋斗了几个世纪。想让世界围着他们转的,都是一群蠢货!这是在和上帝作对!“狗是上帝创造的,耳朵和尾巴也是上帝给的,人类怎么可以为了自己的利益违背上帝的意思?”他这样自言自语道。想起狗,他就觉得人类总是欠狗一些什么。

都说狗和小孩愿意接近善良的人,此话不假。就算狗对他们吼叫,攻击他们,有些人也不会报复。他喜欢狗对着他们狂吠时,他们还会说“这狗真可爱!”的那些人。记得有一次,他领着狮子在外面散步,看到一位老人卸下他口袋里的货物,蹲在那里吸烟,像在歇脚或者等待着什么。他目不转睛地看着狮子,没说话。过了二十几分钟,来了一辆汽车,把老人的货物都装了进去,老人还蹲在那里。汽车开走了,老人也准备离开,背着手走了几步,又迅速返回来,用哀求的口吻轻声说:“我可以给你的狗拍一张照片吗?”他这才明白其实刚才老人就想说这句话。“当然可以,如果您愿意,我就给它戴上头套,您也可以来个合影。”老人犹豫了一下,说道:“这么好看的狗,戴上头套会生气吧?我还是用手机随便拍一张吧。我让孩子给我捎一条狗回来,他们竟给我带了一条德国牧羊犬。我说我想要一条纯种的蒙古犬,他们不认识,也没兴趣认识。十条德国牧羊犬也比不上一条纯种的蒙古犬。在我小的时候,到处都是这样的纯种大狗,现在很难看得到了,孩子。”说着老人叹了一口气,继续说:“我拍张照片回去,孩子们估计能知道个八九不离十。”说完他苦笑了一下。

“为什么有些人这么通情达理,这么和蔼可亲呢?”他很欣赏这位老人的一举一动。他觉得老人来自乡下。后来他才知道,乡下的老人和城里的老人不一样。城里的老人干净,不留胡须,多数都谢顶;乡下的老人粗鲁,哪怕很稀也会留胡须,几乎没有谢顶的。乡下的老人有用不完的生活经验;城里的老人,他们的生活经验主要来自图书。乡下的老人一问三不知,城里的老人个个装聪明。据他的观察,乡下的老人爱听话,喜欢黏人;城里的老人性格倔强,爱抱怨,不轻易和下一代和解。

每次在人群中遛狗,他思考的都是人性。他明白了许多酒肉朋友无法教给他的大道理,所以格外感谢狮子。有这么一条狗,比十个狐朋狗友都强。他把脸贴在狮子的身上,可以感受到从未有过的温暖,无论是谁,都不曾给过他如此妥帖的温暖。他和狮子相处时,像刚刚充过电一样,整个人都会无比清醒,让他感到从未有过的温暖和慰藉。

每天清晨一醒来,他便穿上拖鞋透过窗户看看狮子在不在。他喜欢看狮子在皑皑白雪中像一团火似的站着。他走出屋子,狮子就立起来,像个久违的朋友一样,带着浓烈的思念热烈地欢迎他。他跑向自己的狗。这样的幸福难以用言语来形容。远离了那些盗狗贼的魔爪,狮子才能和他的主人心安理得地迎接新的一天。狮子跑出铁笼子,摆脱属于它的寒冷和孤单。彼此依赖的两种生物在院子里散步、聊天和嬉戏,偶尔也会依靠着彼此在阳光下打盹。理解是他们一切信任的基础。

最近经常听到有人盗狗,他虽感到害怕,但没有办法让狮子在屋里过夜。狮子的毛发浓厚,适合在冰天雪地的喜马拉雅地区生活,在屋内过夜非憋死不可。狮子也明白这是在替它着想,不过还是会低吟,偶尔吼一声,拽着主人往外跑。他只能把狮子关在铁笼子里过夜。在铁笼子里过夜,总比落入坏人手里,每天换一个主人好一些。有一天,他那只喜欢自由,跑起来像飞箭的索穆也被人盗了去(竟然是在光天化日之下),所以他只能让狮子住在铁笼子里。谁能想到与他朝夕相处了五年的宠物就这么被人轻而易举地盗走了呢?

他无比难过，趴在地上，像一条狗一样嗅着地面。他在院里来回爬着，偶尔歇斯底里地大吼一声，奔向院门。他红着眼睛在院门口，用超人的毅力翻过院墙，用惊人的声音叫着“狮子，我的狮子”，不停地跑了整整一天。

晚上回来时，他已身心疲惫，又饥又渴。他呆呆地一屁股坐在台阶上。他转动着缺乏活力、无神的眼睛，像个孩子一样大声哭起来。哭够之后他走向狗窝，看着挂在铁笼子上的大锁和盗狗贼挂在锁头上的钥匙发呆。他奇怪盗贼是用什么手段对勇敢、冷酷的狮子下的手？他轻轻地爱抚着狮子曾经闻过的铁门，闭上眼睛沉浸在无尽的回忆里。他想起狮子的聪明，想起它温柔的眼睛和狮子般的大吼，想起它熟悉的体味和撒娇时躺下露出肚子的一幕幕。这一次他像狼眼一样发红的眼睛没有流下眼泪，他只是长长地叹了一口气。

太阳落山，到了黄昏时分。

他响亮地叹了一口气，看着昏暗的天空长笑一声，发出类似狼吼般绵延的声音，钻进了狗窝。他蜷缩在满是狮子体味的垫子上。

只有风和佛祖知道过了多长时间。他突然感觉到了从未有过的平静，心跳也慢了下来。听到铁门被风关上的声音，他坐起来，用恍惚的眼神看着周围又发出了一声长笑。他麻利地用盗狗贼留下的钥匙和锁头从狗窝里锁住了铁门，把钥匙扔出去很远。他再也够不到那把钥匙了。他又长笑一声，静静地看着周围的一切。世界在瞬间变得格外安静。

他在满是狗毛的垫子上像狗一样枕着双手躺下来，闭上了眼睛。

2012.1.9

孕

一

男人冲过来开始撕她的裙子。她害怕至极，努力地想挣脱，可是没有成功。那件昂贵的缎面裙子瞬间被撕成了布片。她身上所有的衣服都被扒光了。因为害怕，泪水模糊了她的视线，除了男人的那双眼睛和少白头，她什么也看不见了。温热的呼吸掠过她流着泪的眼睛，游走在她的耳朵、脖子、肩膀和乳房上。她拼命地挣扎着，突然感到男人不是在吻她，而是在咬她。男人一口咬住了她的乳房，她感到一头野兽正在一口一口地吃掉她，恐惧布满她的全身，让她失去了知觉。她感觉到从她似曾相识，抑或更遥远的地方传来了一首悠扬的曲子。她慢慢地睁开了带着泪水紧闭的眼睛。

女人感到有东西像剑一样进入了她身体的最深处。她用尽最后一丝力气反抗，但那已无济于事。他的手像钳子一样夹住了她的手，使她又一次放声大哭。伴着她的热泪，巨浪一次次地拍打过来，最后让她失去了知觉。因为过度害怕，她的心险些跳了出来。

门铃刺耳地响起来。她从梦中惊醒，睁开了眼。她发现自己一个人躺在床上，浑身已被汗水湿透。“刚才到底发生什么事了？”她首先想到的是这个问题，然后闭上眼睛躺了一会儿，大声地说出了刚才的所思所想。门铃再一次响起。女人吃力地从床上坐起来，左右看了一会儿，突然想起了什么，跑去开门。

门外没有人。或许那个人等了太长时间，走掉了吧。她看着楼道愣了一会儿，关上防盗门，上了锁，走进厨房喝了口凉水。“我做的这是什么梦啊？真是该死……”

她走进浴室，脱掉在门铃的催促下匆忙穿上的睡衣，看到镜子里的自己突然大叫起来。她的脖子、肩膀、乳房、胸部上都是紫色的印痕。她紧紧地闭上眼睛，又睁开，因为害怕，这一次的尖叫声更刺耳。这一切都是真实的。她白皙的胸部上有清清楚楚的吻痕。她感到头晕目眩，赶紧扶住浴室的墙。她紧紧地闭上了眼睛。虽然她无法面对自己扭曲的脸和惊慌失措的眼神，但是她必须得看清镜子里的那个自己。她慢慢地睁开了眼。眼睛一睁开，她又尖叫了一声，不过这一次的尖叫没有前两次那么大声，几乎是痛苦的呻吟。不知过了多长时间，她用颤抖的手抚摸自己的胸部，颤颤巍巍地走进卧室便倒在床上蜷缩成了一团。她努力回忆着昨晚发生的一切。不过她惊魂未定的思绪里没有任何有效的信息。她颤抖着身体在床上躺了很久。

“加班，领导出现状况，送医院，回家，进房间，锁门。门的确锁上了，还是没锁就睡了？不可能吧。每晚睡觉之前她检查两三遍门锁才肯放心。哦，刚才是我自己去开了门，应该是锁了。不是？我刚才是怎么开的门？拿钥匙？应该是的。然后，然后发生了什么？哦，对，我一个人住的。不过刚才的梦……那个噩梦……无论怎样，梦就是梦而已。可能最近太累了，总失眠。不过昨晚一躺下就睡着了。刚才的梦……真是个噩梦……怎么会梦这些……谁也管不了自己的梦呀。不，这不是关键，关键是我的乳房、胸部……做噩梦时我自己挠的？应该不会吧，真奇怪。”

她平静了一些，站起来走出卧室，战战兢兢地走到墙上的那面大镜子前。她还是赤身裸体。镜子的周围有点暗，那些紫色的印痕现在看起来朦朦胧胧,没那么可怕了。她站在镜子前,这一次布满她全身的不是恐惧,而是好奇。

她轻轻地抚摸着自己的乳房,在疼痛中去察看其他几个屋子。一切还是老样子,都那么干净有序。只有卧室阳台的窗户开着,其他屋子的窗户都紧闭着,还拉着窗帘。除了阳台和门,就再没有可以进屋的通道了。她想着这些,走到阳台上。“谁会爬上十层居民楼的八楼,到我屋里来呢?”她虽这么想,还是想发现一点蛛丝马迹。一切都是老样子,都没有半条麻绳来支撑她的猜测。阳台上的那些花,一个都没倒。她更仔细地观察着一切。花开时她每天来这里的次数不下十次,现在它们已干枯,只要碰一下,花瓣就会凋落。如果有人进来了,就不可能不碰这些花。地上一个花瓣都没有。那些花朵和往常一样,都在随风摇曳着。她稍稍放了心,长长地叹了口气,觉得自己瞎猜得可笑。

她站在阳台上,感受着秋日的气息,全身心地放松着。她疲惫到极点,才会做这样的噩梦,并在梦中掐自己,弄成了现在这个样子。

想到这里,她点了点头,然后好奇心再一次被点燃,站在镜子前仔细看着身上那些渗出淡红色血液的伤口。她清理了一下胸部和脖子,穿上衣服,匆匆忙忙去上班。

二

电话铃声一响,她就知道是谁打来的。果不其然,是国际长途,老公打来的。接通电话听到熟悉的声音时,眼泪已模糊了她的视线。老公一直在说,一直在说。她现在无比思念被派到国外的老公!虽然已过半年,还有两个月他就可以回来了,她依然觉得这两个月比两年时间都漫长。

结婚六年,他们不曾缺过什么。他们有新公寓、新汽车,还有一只喜欢撒娇的白猫、经常和白猫打架的德国牧羊犬,还有老公作为礼物送给她的金鱼。他们都有一份好工作,待遇丰厚。他们拥有物质上的所有,关键是，还彼此相爱，这是他们最大的财富。这一点，他们也很清楚。他们只少一样东西：孩子！结婚六年，他们依然膝下无子。前三年，夫妻俩谁也没想过这件事，当时他们还腻在新婚的幸福中。他们像刚刚筑巢的鸟儿，不停地往新家里填东西，凑齐了生活所需的大部分东西，依然乐此不疲。从第四年开始，他们考虑为什么就不能有个孩子，第五年开始探讨这个问题。刚开始时，他们把行房当成爱的表达，这两年里却变成了令人厌恶的任务，经常让他们暗暗恐惧。行房事时，老公自卑地想自己是不是真正的男人，老婆则难过地想自己有没有做母亲的权利。老公开始吻她时，她的脑子里都是这些问题，她走到床边就感到行房是一种煎熬。本应该从拥抱开始，以接吻结束的爱的行为最后成了最可怕的东西，让他们备受煎熬。她刚要选择爆发时，老公就被派到了国外。都说小别胜新婚，六年来的朝夕相伴突然被这次公派出国计划打断时，他们都明白了自己在对方心中的重要性。他们觉得这样很美好。原来以为世界都在围着他们转，后来发现两个人才是一个完美的世界时，幸福偶尔也会变成负担。

老公打来电话时，她像个犯了错的孩子，发现自己的脸颊在发烫。老公早晚各打一次电话和她聊天，她平时在电话里有说不完的话，今天却没怎么说话，听着来自电话那端的声音。平时她像一只小鸟一样叽叽喳喳，现在却想一直听老公的声音，一直听。她第一次觉得倾听比说话更美好。

老公感觉到了异常，沉默了片刻后说："亲爱的，你不舒服吗？"她从未生过病，所以老公今天的问候让她有些惊讶。听到这句关心的话，她从早上就憋闷的心开始崩溃，她开始默默地流泪。是啊，这是哭给她老公听的。电话那端沉默了一会儿，突然传来紧张的一声叹息，然后急促地问道："怎么了？发生什么事了？你还好吗？到底怎么了？喂，喂，说话呀！你怎么了？说话啊！亲爱的，你冷静一下，到底怎么了？亲爱的，在吗？亲爱的，怎么了？"

哭过之后，她心里舒服了一些，发现自己站在走廊里，于是长长地舒了一口气，朝公园走去。她边走边讲，把事情的经过都说给他听：昨晚做了一个噩梦，在梦中被人强暴；当她带着恐惧从梦中醒来时发现脖子、乳房、肩膀、胸部甚至腋下都有了紫色的印痕；她为此惊慌失措，摇摇晃晃地走到床边，躺在那里胡思乱想，躺在那里想他；哭过之后又去检查门锁，像个侦探似的走到阳台反复观察……

她把这些都一口气说完时，发现电话那端一直沉默，只听得到对方的呼吸声。她接着说，自己要去基层出差，所以把狗和猫都放到了妈妈家；昨晚她送领导去医院很晚才回家；她看到医院里的患者感到心痛。最后她说，噩梦可能源自她白天的所见所闻。

老公在电话那端笑了。

这次轮到老公开始喋喋不休地在那儿说了。从老公的话语中她才明白，这是因为长期没做爱而导致的性梦。“你是想我了吧！”老公笑得很开心。老公说：“我真想当你一丝不挂时拥抱你温暖的身体，去闻你，然后吻你的乳房、肩膀和腋下，狠狠地吻！”她猜出了老公说这些时的表情。“别瞎说，我在公园里呢！”她虽这么嗔怪了一句，想到那些事也激动了一下。

她问道：“你昨晚梦见了什么？”

老公沉默了一会儿，说：“让我想想。”接下来又是一阵沉默。她伤感地问道：“难道你就没梦见我？”老公大笑一声，打趣道：“对了，我梦见和红脸舒克在喝酒。难道舒克真去家里了？”她突然感到很失望，叹了口气说：“好了好了，我要忙了，晚上再聊。”说完，没等老公说完就挂了电话。

三

她晚上下班刚回来老公就打过电话来了。她接起来，就听见老公在电话那端焦急地说：“上午话没说完你怎么就把电话给挂了？快连视频吧，看着对方聊。”

她赶紧走到电脑前，看到老公在宾馆昏暗的灯光下赤裸着上身。他们相视而坐。看到他的上半身,她很满足。平时撒娇时,她喜欢把老公的护胸毛一根一根地咬下来,听对方像个孩子一样温柔地喊:“我的小野兽,饶了我吧。”想到这些,她扑哧笑了。不过她看到他今天有点怪,一直没有笑。

老公先开口说:“亲爱的,你昨晚做了什么梦?从头到尾说给我听吧。”

“我不是都告诉你了吗!”她生气地说道,把外套脱下来扔到床上,期待着老公的反应。

“亲爱的,现在……你把内衣也脱了吧。我想死你了,想看看你脱了衣服的样子。”

“好了,好了,别闹了。我下班刚回来,饿死了,准备去弄晚餐。”

“我求求你了,脱给我看嘛!看你一眼我就下线了。我想你想得都睡不着了,看你一眼就能睡个安稳觉。现在这里天快亮了,一晚上我都在想你。”

“不过我倒是也想换睡衣呢!”女人笑着说,到摄像头前,带着羞涩慢慢地脱去了身上的衣服。她拽了一下胸罩的肩带,笑了一下,准备去拿睡衣。看到镜子里的自己,她大声叫了出来。早晨的伤口颜色变得更深,简直惨不忍睹。她迅速转过身去,走到摄像头前说:“看到了吗?你看到了吗?这里……我都变成这样了,恐怖吧?超丑吧?”

她从未见过老公现在的样子,他的这张脸,看起来如此陌生。他的眼珠貌似要瞪出来,紧咬着牙,双手抓着鬓角的头发。他们对视着沉默了许久。

“是谁?告诉我!他是谁?”老公用沙哑的声音质问她。

“什么?”她愣住了。

“我在问你他是谁?告诉我!我认识他吗?你告诉我!赶紧说话呀!”在视频的那端,老公用刺耳的声音问道。

“你在胡说什么?”她的心被刺痛了。

“你这个……无趣的东西。你……可真会!你一次,就一次都不能忍吗？刚刚过半年,你这荡妇！叛徒！虚伪之人！垃圾,垃圾,垃圾……我要杀了他,听见了吗？我一定要杀了那个浑蛋。你听到了吗？我会亲手杀了那个混蛋的。你……你……你等着！他是谁？快告诉我他是谁?”

“喂,这……你……你在开玩笑吗？别闹了。你还能正常些吗？你看看你,看起来可真恐怖！我不是早上告诉你了吗？那是梦……一场梦。内容……我不都告诉你了吗？你可能觉得……”

“听了,听了,全都听了。我从早到晚都在听你胡说八道。你可真会编啊！可笑！你说你昨晚怎么了？你再讲一遍！你可真会欺负人！昨晚喝酒了吧？告诉我到底跟谁？你说呀,说！到底是谁？他怎么……昨晚喝了不少,早上酒都还没醒,对吧？你说那是梦,可那都是真的！你当我是傻子吗？我一离开家你就……我一出来你就变成这样了,你可真有能耐。你……你要毁了我们六年的婚姻吗？你说！我的脸变成什么样并不重要,重要的是,你……你知道你什么样吗？还不如妓女……”

“什么？你再说一遍。你把老婆比作妓女？你再说一遍,我倒要听听。”

“妓女!”

她看到老公用力砸向电脑屏幕,然后就什么都看不见了。屏幕上那张几近疯狂的脸消失了。

“我的老天!”她尖叫一声,一屁股坐在地上。

她刚明白过来,此刻老公就要疯掉了。这一切都好理解,不过她还是不敢相信。早上打完电话之后,老公一定这一天都寝食难安,等她一下班就给她打了过来。不凑巧的是,上午她还先挂了电话。他们的通话从未这样过,结束时总要说几句甜言蜜语。

女人再一次战战兢兢地走到镜子前,看到她白皙的胸部留下了像狂吻一样的印痕。看到那些印痕,老公的爆发就变得理所当然。想到这些,她的心跳开始加快,在屋里来回踱步之后她拿起电话又打给老公。打了好几次,电话那端都是滴滴声。

四

这三天,老公没有接电话。想到各种坏的结果,她变得坐立不安。她每天打电话、开视频,期待能联系上他。她不进茶饭,像个丢了魂的动物似的来回踱步。她时不时地跑到电脑前,相继发了几十封邮件:有哄他的,央求的,讲理的,嗔怪的,吓唬的,批评的,谩骂的,发誓的。老公一概不回,就像在世上消失了一样。

从第四天起,她开始发高烧。妈妈和姐姐过来,寸步不离地守着她,等她睡去之后掀开被子,看到她脖子和胸部上的印痕,开始了她们的种种猜测。

“肯定是下班晚,晚上一个人回家时让人强暴了,这很明显……”姐姐咬着牙说,“应该是熟人,所以……她才不肯对我们说。那个人应该知道这段时间她老公不在家……报警吧,现在就去报警,估计妹妹不好意思报警呢。”说着她站了起来。

“等等,你等等,她自己没同意,我们就不能报警。”

“还要等她同意?她的老公快气疯了。我想知道他是不是气病了,结果他一直不接电话。”

“这种事不能太着急。如果她老公生气是有原因的,那该怎么办?估计你妹妹还不能接受……”

“行了,妈!我妹妹不是那种人,这一点咱俩都知道啊。她永远不会干出那种事,永远!她不会背着老公出轨。如果是我,那就说不准了。”

“估计她也不想欺骗吧,她现在只跟我们说了那么一场梦……她真是不会说谎。她是想告诉我们什么,才故意编造这么一场梦吧。一看她就特别单纯啊,好可怜。”

“应该不会吧。”

“谁能说得准呢,像你妹妹这样软弱的人,一旦决定了,反而可以很果断。要不……”

“事情不妙?”

“的确不妙。哪儿有这样的梦?就算有,也不能把自己弄成这样吧?看起来一切都那么有凭有据,那么真实。所以,女婿生气也无可厚非啊。是你妹妹造的孽,不过也不能怪她。万一……”

“我可不相信。”

“那你相信什么?”

“我说了是强暴啊,妈妈。如果是情人,怎么会把她弄成这样?您看看,都差点把她给撕碎了。这都过了三四天了伤还不见好。谁会把自己的情人弄成这样?肯定是被人强暴了。”

“我的天啊,我这是造了什么孽,老都老了还得见这么多不该见的!”

“去报警吧,把那个人抓起来。一路上到处都是摄像头,从她家到单位的距离不远,一切都一目了然,所以肯定能将他绳之以法。”

“不能报警。我不是跟你说了吗?如果是你妹妹自愿的,那她的脸面搁哪儿?所以……姑娘,你也别着急……坐下来好好想想。你妹妹有没有跟你说过哪个男人?你好好想想。如果想起来是谁,把他的电话和地址都告诉我,妈去找他谈。”

“肯定没有,没有。我们无话不谈,她肯定没有那么一个人。妈妈,你想问题的角度为什么都这么怪……”

“没什么怪的啊,如果她能成功地当妈妈,那就达到最终目的了。”

“最终目的?”

“怀孩子呀……想要孩子的女人可以为此做出任何牺牲,这毋庸置疑,谁也不能说这个想法是错的。你妹妹非常懂事,这件事估计她也考虑了很久。你也知道,比起那些有知识、有文化、能体谅人的男人,普普通通干粗活的男人的孩子更多。你妹妹肯定去求了那么一个家伙。”

“这个……”

“你自己能生育,当然无法理解你妹妹的痛苦。你妹妹和妹夫看起来和谐美满,谁知道背着人的时候是怎样的。说不定你妹妹每晚都以泪洗面呢。如果和你一样能生那么多孩子,就不会发生现在的事了。”

“如果真的是这样……那该怎么办？”

“得说服你妹夫啊，他也是乖孩子。”

“他不可能理解。如果是我老公，肯定会把我打个半死。如果和别人那样……那她身上为什么红一片紫一片？我的天啊！”

“你妹夫可比你老公强多了，他有学识、有素质。他无法让你妹妹怀孕，所以不会怪罪你妹妹的。你看她现在又难过又发烧，都成什么样子了。不是我闺女的错，一点都不能怪她。”

“那现在该怎么办？”

“让她说实话吧。你妹妹肯定不想说。你明早试着让她说出来。如果确定，我就去找那个男的。”

“您去找他做什么？”

“如果真怀上了，总得知道孩子的父亲是谁吧？孩子也得知道自己的身世啊，然后我跟他签个合约。”

“合约？”

“是啊，我们不要孩子的赡养费，负责把孩子养大。我必须得让他远离你的妹妹和妹夫。你妹妹想趁着你妹夫不在时怀上孩子，所以肯定没想这么多，她本来就活得很单纯。如果那个家伙为了孩子经常过来找她，那他们的生活不就完了吗？你妈见过的世面多，知道怎么生活啊，知道。这次去好好吓唬一下那个家伙。”

“那头猪，可真是个禽兽啊。”

“谁说不是呢。我闺女肯定又怕又羞。好了，不过不都说大难不死必有后福吗？她也受够了，等她怀了孩子，估计就不那么恨那个男人了……”

“孩子？不，妈妈，我不敢相信，觉得这事不可能。如果没有那样的人，该怎么办？”

“有，有，你说被人强暴……到处都是熙熙攘攘的人群啊，周围都是人，怎么会发生那样的事？如果和我小时候一样，一个人去放羊，那倒是有可能。不过我闺女也不会碰上那样的人吧。她就是急着要孩子才变成现在这样的。不过我祈祷她选对了人。其实有好多人虽然性格暴躁一些,但人不坏。你妹妹虽然单纯,但也有自己的主见,应该不会选个孬种。"

"好吧,怀不上孩子的女人可以有这样的想法。不过我妹妹会干这种事……应该不会。"

"还能怎样?我可不相信别的理由了。"

"妈妈,你好好听我说。我跟你说,我刚从我妹妹那儿听到这件事……我怕您担心……其实我自己也不相信……不过早就想跟您说一件事……"

"什么事?赶紧说呀!"

"妹妹的想法倒是没什么问题。她不会患了精神疾病吧?多年前她就想要孩子了,多年来都未能如愿……她是个敏感而脆弱的人,其实这都是您太溺爱她造成的……她这样的人在生活中一旦遇到什么问题……她的确很敏感。"

"我的天啊,不会那么倒霉吧,你是说你唯一的妹妹疯了?"

"也不是疯了,就是精神方面出现了一点问题……"

"阿弥陀佛,那该怎么办?"

"我根本不相信她在外面有情人。她的老公出国才六个月,在这么短的时间内到哪儿去找个相好的?她只知道工作和家庭。您好好想想,什么噩梦,什么花瓣一个都没掉,她说的这些是不是有点怪?刚开始我也吓了一跳,现在她开始发烧……我的美女同事恩克玛的女儿,和男朋友分手之后把自己关在屋子里哭了整整四天。然后开门出来大笑一声就疯了。她用刀子割手腕,被割的手腕像个梯子似的,这样,这样……"

"我的老天!"

"所以说,妹妹要不被强暴了,我们得去报警;要不患了精神疾病,得去医院。"

"那该怎么办?"

"怎么办啊?妈妈。人不可能心想就能事成、一辈子都幸福,总会碰到一些意外。妹妹不是被强暴了,就是患了精神疾病。我现在就给恩克玛家打电话,要给她女儿治病的那位心理医生的电话号码。我们先让大夫过来看病,再决定要不要报案。”姐姐说完,走进旁边的屋子,关上了门;妈妈则捏着女儿的被角抹眼泪。

五

第二天早上,听到刺耳的门铃声,在妹妹旁边和衣而睡的姐姐赶紧起来,揉着眼睛去开门。

妹夫回来了。

他一连几夜没睡好,眼睛布满了红血丝,整个人站都站不稳。

“你怎么生病了? 咳嗽吗?”

她又开始哭。这一次她的老公平静地伸手拥抱她,给她擦去了眼泪。

“医生一会儿就来了。”姐姐说。

“哪儿疼?”

姐姐的眼珠转了几下,欲言又止。他看到姐姐在眨眼示意,就不再作声了。他们走出来,来到另一个房间。

“心理医生马上就到了。妹妹精神有点异常,是精神病!”

听到姐姐这么说,妹夫开始往后退。姐姐皱起眉头瞪着他,很快又恢复了她平日的优雅和自信。

“这不是你的错,也不是妹妹的错,我们也不能去怪谁。她一直想要个孩子,所以才害病。她拿刀割自己的脖子,为了不让她这样,我和妈妈整晚都握着她的手睡觉。”

妹夫轻轻“嗯”了一声,一屁股坐在椅子上。姐姐更觉得自己说得有道理,于是提高嗓门继续说道:“你们是天生的一对,现在你们的家庭正面临一个难关,你们必须得闯过去! 妹夫,你要坚强一些。你的怀疑是对的,我们也不怪你,我老公也会这样做。如果换做是他,生气都是小事,不掐死我就算不错了。你总不接电话,她就犯了病,疯疯癫癫地差点死去。你的工作还没完成就飞回来了,可见你多爱她。这是考验你们爱情的时候。如果现在来个医生,把她拉到希尔哈达那里的医院……”

说到这里,姐姐突然哭起来。妹夫用双手搓了一下自己苍白的脸,趴到桌子上也不说话了。他开始狂抓两鬓上的头发。正在哭泣的姐姐止住眼泪说道:“不管怎么样,你要坚强。我们在你身边,请你坚强一些!咱们一定能渡过难关。她是我唯一的妹妹。在这个世界上,我最疼爱的人是母亲和她。如果你爱她,就要理解她,学着原谅她。”

听到最后一句话,妹夫抬起头看着姐姐,用沙哑的声音说:“原谅她什么?”

“怎么说呢,妹夫,每个女人都有经历不完的苦难。你老婆不是患了精神疾病,就是让人给强暴了。我觉得这两种可能都有。如果她被强暴了,那你应该忘掉那些,陪她一起渡过难关。这不是她的错,其实错在你。你扔下这么漂亮的老婆一走就是八九个月,一个明事理的男人不会这样做。”

听到这里,妹夫的嘴巴张得很大,他拽着头发把头低了下去。

“如果是强暴,应该是熟人干的。”

“熟人?”

“是的。或许还是你的朋友呢。妹妹现在只是哭,什么也不说。我感觉应该是熟人干的。”

妹夫站起来,把手插在裤兜焦急地来回踱步。他停下来,抬起头走到姐姐那里,眯着眼睛看她,然后退后几步,又开始踱步,过了一会儿他坐下来,一句话也不说。

姐姐用恐惧的眼神看着他,说道:“不过应该不是强暴。我和妈妈都觉得是精神病。她睡着睡着一醒来就喊着你的名字大笑。如果有你在身边,她应该不会这样。医生一会儿就过来,会给一个准确的结果。医生来了你先出去一下,不要站在这里。如果妹妹突然看见你犯了病……”

妹夫轻轻地“嗯”了一声。

“为什么,为什么她会变成这样？到底怎么了?”

“妹夫,你应该相信她！不然还有谁会相信她呢？我可怜又敏感的妹妹呀。你走后她非常孤独,又没有孩子……你平时不会怪她没怀孩子吧?”

妹夫突然抬起头,用惊讶的眼神看了一眼姐姐,没有说话。

“你应该会的吧,那都是你的错。她怀不上孩子、患病都是因为你,是你的错啊。你为什么在电话里对她大吼大叫？她那么敏感的人,能承受吗?”

妹夫开始拽自己的头发,姐姐跑过去拦住他的手说:“行了,妹夫。你要懂事,要像个男人坚强起来！如果你的老婆遭遇了不测……谁知道呢,说不定她怀孕了……”

听到这句话,忍无可忍的妹夫跑过去一把抓住了姐姐的衣领。

门铃响了,医生到了。

六

医生走后,家里又恢复了可怕的安静。

妈妈握着女儿的手坐在床边,女儿躺在被窝里。她的丈夫反坐在沙发椅上,一声不吭。姐姐突然拽了一下他的手,又示意母亲。此时她喝了安眠药,正沉沉地睡着。

会议地点是小卧室。

“就按照医嘱,让她安静一下吧,等风波过了再说。我们要一直等到她出现精神疾病的症状为止。不过我们都得有个准备,不能多说,得学会接受和关心。”姐姐说完擦了擦汗。

“我就搬过来住吧,你们现在需要帮助。孩子,你去睡吧,估计强暴和情人这事儿都是假的,关键是得让我的宝贝女儿康复。孩子,你只要耐心一点,一切都会好起来的。你不是一个人,我们都在你身边呢。你飞了几个小时啊？赶紧去休息吧，好好休息一下。我去准备吃的，得回家带点东西过来。我要在这里待到我女儿完全康复为止。从明天起，你就该忙工作了。”丈母娘说着，抚摸女婿的额头，轻吻了他的脸。他耷拉着脑袋，大声地叹了口气，点了点头，表示同意。

姐姐和母亲回去时，她还在睡。

一周之后，她身体已康复，准备去上班。丈夫发现她看自己就像看陌生人，还带着那份傻劲儿，不过她比以前周到了。他甚至窃喜她或许已经恢复到了生病前的状态。她的母亲带着东西回去了，姐姐每天和妹夫通话。“我还真想继续病下去，我一生病，你和姐姐反倒成了好朋友，每天都通话。”她这样打趣道。

七

她噩梦中的那头禽兽是她的同事。他们每天见面，却从不说话。刚开始，她讨厌那位同事总是直勾勾地看她，后来就习惯了，偶尔还看一下他的眼神。

在领导被送到医院的那天，同事过来和她闲聊。聊过一些无关紧要的话题之后，他说：“咱们出去走走？”

她知道他想约会，于是故作单纯地说：“领导没给你安排工作吗？”

同事站了一会儿说道：“我先请你吃饭，然后一起去看电影，再把你送回家。你放心，不会很晚。”

“如果我男人把你痛揍一顿怎么办？”

“你老公还没回来吧？”

听到这句话，她吓了一跳，笑容僵在脸上。

“你怎么知道的？”

“什么？”

“我老公不在家的事。”

“我当然知道你的一切。”

“一切?”

“中午吃饭时同事们这么说的啊。”

“那你打算乘虚而入吗?”

“怎么会? 你想歪了。我……只是……就算你老公不出国,总有一天我也会约你……我原以为你会知道……”

她赶紧低下头,他也把目光转向别处。他们默默地站了一会儿。

男同事突然说:“除了你老公,你还想过别人吗?”她正想怎么回答时,他鼓起勇气大声地说道:“我总是在想你。”

主任在喊他们,这次谈话就被打断了。他俩都分到了不少任务,便赶紧去忙了。下班时,她看了一眼同事的格子间,发现他不在。“不是说要一起去看电影吗?”她微笑着这么想了一下。她在门口遇到领导时,他突发心脏病晕倒了。她叫来救护车,把领导送到医院,然后打电话给他的家属,叫家属赶紧过来,折腾到很晚才回家。走在路上她很害怕,好在什么都没发生。到了家门口,她找钥匙翻包翻了好久。真是祸不单行,那晚她家刚好停电。她害怕极了,摸黑跑进屋去,感觉自己非常孤单,觉得悲凉。不知不觉中,她睡了。第二天醒来时,她发现自己的胸部、脖子、腋下都有了印痕。

这一周,她都在回忆那晚可能发生过的事情。

那次谈话之后的一天,临下班时同事的助手——把头发染成黄色的高个子姑娘微笑着走进来送了她一盒巧克力。助手什么也没说,指了指同事的格子间。助手的电话响起,她跟电话那端貌似是男朋友的人打情骂俏了半天,指着她放下的纸杯说:“好的,这杯咖啡您喝了吧,我刚从咖啡机上打的,还没来得及喝。我朋友到楼下来接我了,我们约好一起去看舞台剧。”说完助手就走了。她回谢了一下,吃完巧克力,把咖啡也喝了。“难道那杯咖啡有问题,放了让我昏迷的药? 我好久没睡过这么踏实的觉。他知道我一个人在家啊。”这么一想,她不禁打了个寒战。

有一次,她大清早从噩梦中醒来,第一个想到的便是那位同事。那天早上,她故意穿了一件低胸的衣服,穿一件外套遮挡伤口。到单位之后，趁着同事们还没来上班，她脱掉外套跑到那位同事的办公室里，故意给他看还没完全愈合的印痕。同事惊讶地看着她，递给她一把椅子，看到她胸口的伤后目瞪口呆。她等的就是这一刻。

“你在忙什么?”她故意试探他。

“没什么……”同事还在盯着她的胸部。

“你老公回来了?”他小心翼翼地问道。

“是啊，他提前回来了。他虐待我……”说话时，她看着同事。

“虐待?”他说道，眼睛没离开过她的胸部。

“是啊，他梦见我和别人上床。”女人故意微笑。听到这句话，同事抬起头看了她一眼。

“你跟别人上床了?”他问道。

“你认为呢?”她反问道。

“我觉得你不是那种人。”男同事说完赶紧转过身去。她知道他想尽快结束这次聊天。

“你那天约了我，怎么自己走了?”她直截了当地问道。她从未如此羞涩，也从未如此急切地想知道某件事的结果。

“对不起，其实我……那个……领导让我去给他老婆送钱，说他们要买新房。白天我和领导一起出去，帮他取钱。他让我把钱送过去，自己去忙面试的事。我回来时你已经走了，给你打电话你也不接。我刚关电脑准备下班时，领导的老婆哭着给我打电话……然后我跑去医院，说你送领导过来之后走了。就这样，我错过了那次的约会，现在还很后悔。不过今天约也不晚……”

“你住哪儿?”她的声音温柔了一些。

“你不知道?”

“不知道。”

“就住在你家对面啊。小区的四十一号A。”

她惊了一下。

“你……你知道我家住几楼吗?”

“知道啊。”

“几楼?”

“八楼。”

她的脸色瞬间变了。

“也知道我家窗户?”

“当然,我每天吃早晚餐都看着你家窗户。”

她缩了一下身体,开始后退。不过为了更好地观察同事,她双手扶着桌子凑上前去低着头说:“我梦见你了。”

“真的吗? 那真不错。老天真是有眼啊,我每晚都梦见你。”

八

康复之后,她简直成了另外一个人。或许同事像一场迟来的雨滋润了她的情感,或许是老公的打道回府让她非常开心,她变得更能说、更活泼。平时爱穿正装的她如今变得格外时尚。以前一个月去理一次发,现在每周都往理发店跑,把头发染成各种颜色,这让她的朋友和家人都唏嘘不已。她的食量大增,每晚看着菜谱书做各种各样的菜肴讨老公开心。

她的性格也变了。从前的温柔已不复存在,她开始大声说笑,喜欢贴着老公说话,或者直接坐到他怀里撒娇。她撒着娇会突然收了声,一个人走到阳台上一站就是几个小时。每一次从阳台上进来,她都带着惊恐的眼神,浑身都在微微颤抖。

老公仔细地观察着这些可怕的变化。他日渐消瘦,裤子越来越肥,头发也懒得理了。他每天很早就下班,去老婆的单位接她回家。姐姐则每天给妹夫打一个电话。妈妈过一段时间就过来看望女儿一次,默默地坐好一会儿才回去。

有一天,在老婆上班时,他叫来了姐姐和丈母娘。

“她病得不轻。”他说。听了这句话,姐姐和丈母娘的脸色变得惨白。

“昨天她又去染发了,头发被染成了可怕的棕色。正做着饭,突然就生气了,不一会儿又消了气,吃饭时把饭菜撒了一地,跑到屋里把自己反锁起来。我怕她自杀,就用力砸门。不管我怎么喊叫,怎么安慰她,她就是不开门。我把耳朵贴在门板上偷听,原来她在呕吐,干呕得厉害。”

听到这里,丈母娘和姐姐不约而同地“哎呀”了一声。

九

老公一去上班,妈妈和姐姐就过来了。她们把妹妹堵在门口开始审问。

“说实话吧,到底发生了什么事?”

她软弱无力地笑了。

“你们都疯了吗?为什么都这么对我?好像我犯了什么大错似的。”

她说着跑到浴室,在那里干呕不止,躺在浴室的地上,看着姐姐和妈妈。她们什么也没说,不过能从她们的脸色看得出已被吓了个半死。她站起来,依偎在妈妈的怀里,哭着喊着说:“是的,我怀孕了,怀孕了!对,怀孕了!这一周我每天早上都这样。禽兽!禽兽!除了他还能是谁?肯定是他。妈妈,我该怎么办?我怀孕了。”

妈妈和姐姐看着彼此沉默了片刻。

姐姐先开口说道:“好了,我知道了,这是再正常不过的事。你健康就好。我们以为你患了那个病,都吓死了。”

她从妈妈的怀里挣脱出来,瞪大眼睛问道:“哪个病?”

“是啊……那个,你发烧时来了个医生,他不是内科医生,是精神科的。他说你有点怪……因为你总说你的梦境。”

“那是真的。”

“什么是真的?”

“梦。”

妈妈和姐姐再一次无奈地看了看彼此。

“我什么事都没有，真的，求求你们了，你们得相信我。不过……那些印痕……”

说到这里她停住了，脸色变得惨白。

“到现在了你还在对我们撒谎吗？”妈妈说。

“其实是这样的……那天的确发生了一些事。我后来想起来了，绝不是故意隐瞒。你们要相信我，这种事不好说……那个……我有一个男同事。”

听到这里，姐姐叫出了声，看到母亲平静的脸，她赶紧捂住了嘴。

“那个，其实我们什么也没做。他……在咖啡里下了安眠药。”

“安眠药？”妈妈瞪大了眼睛。

“我觉得是，也说不定是毒品呢。从第二天起我就变得昏昏沉沉的，那时候我还以为都是那场梦造成的。其实那场梦……到底……关键是，我的脖子和胸部都变成这样了，我看到后吓了一跳，然后就恶心。那天我那么怪，现在想起来应该是安眠药或是迷魂药造成的……”

“我的天啊，那是个什么蠢货啊，差点要了我闺女的命。如果一觉睡过去没能醒来，那该怎么办？”母亲说完一屁股坐到了地上，姐姐也坐下了。母女三人依靠着彼此，默默地坐在浴室冰凉的地板上。

姐姐说：“我不是跟您说过强暴吗……我说过吧。”

“我的月经不来了，之前从未这样过。已经推迟了二十天。”她说完低头看着地面。

十

她已经不吃不喝了，一闻到饭菜味儿就呕吐。她的血压开始下降，她经常头晕，已无法上班。老公去给她请假时，在单位碰见一个男人，从他进门开始，那个男人就一直盯着他。和她的领导谈话时，那个男人好像站在门外偷听。刚从领导的办公室出来就碰见那个男人，那个男人瞪了他一眼就转身走了。他起了疑心，在老婆的单位门口坐了很久。黄昏时分，他看到那个男人和一个高个子、皮肤蜡黄的女孩一起出来，才犹豫着回了家。

跟姐姐通话时，她总流口水，通话无法继续。她每天嗜睡，背对着老公躺在床上。

老公也去单位请了假。他背着所有人去打听精神疾病医院。他劝老婆住院，可她死活不同意，还用古怪的眼神瞪他，然后用被子蒙住头。她不时地坐起来往浴室跑，每次出来时脸色都变得苍白。

有一天晚上，她用充满爱意的眼神看着给她喂饭的老公，突然大喊一声，然后哭着搂住了老公的脖子，那样子着实吓人。老公想，完了，又开始犯病了。他颤抖着手拥抱老婆，把脸贴在她浓密的黑发上，觉得她好可怜。此刻他忘记了所有的恐惧、猜忌和等待，就像他们半年之后的第一次见面那样紧紧地抱住了她。

哭过之后，她决定跟他说实话。这次她的声音里倒是透着几分平静。

“我怀孕了，孩子不是你的。”

老公一把推开她，恐惧地看着她说：“行了！行了！求求你了，请你别再折磨我了。走吧，我们去看医生，这病能治好，能治好！十个人当中就会有一个人被生活折磨得患上这种病。这病能治好，能完全康复。你曾经是个健康的人，你考虑考虑，我求你了。如果你害怕，那咱俩一起去住院。我寸步不离地跟着你。”

说完他跪倒在地上，她则瞪大了眼睛。

“你是不是觉得我疯了？”

“别这么说，说人疯了可不是一句玩笑话，是长期的折磨和绝望造成的。都是我的错，是我的……我每次接近你都想要个孩子，这一点你也知道了。我还以为你不注意这些。你为什么隐瞒自己这么大的痛楚？谁也没说我们必须有个孩子呀，亲爱的！我们可以领养一个，你姐姐不是又怀孕了吗？我们可以从他们家领养一个，这样不就有孩子了吗？我求你了，亲爱的，现在别想孩子了，咱们去住院吧。可能是你在精神上太紧张了,我在国外时你可能经常害怕,也可能是因为我们太思念彼此了。这种孤独症是暂时的。再说没有孩子的家庭也不少啊,不要想这些了,去医院吧。”

老公说完之后颤抖着手给她姐姐打电话。看着他的一举一动,她大笑一声就转过身去睡了。老公觉得这笑声真令人毛骨悚然。

十一

她没去医院,而且恶狠狠地瞪着老公说:“如果你不想听我说,就去申请离婚！我遇到了不幸,可妈妈、姐姐和你都不理解我,这才是最大的不幸。如果你们都觉得我疯了,那随你们的便。如果你们出去跟别人说,我就去自杀!”她说最后一句话时,做出了割脖子的动作。老公没说话,向后退了一步。

在姐姐和丈母娘的一次次劝说下,老公决定去上班。他也觉得由她们来陪她更合适。丈母娘看着他,用安慰的口吻说:“孩子,你上班去吧,据说人疯了最看不得亲人。见你的次数少,说不定还能快一些康复呢。”

他也觉得这句话说得在理。

等老公一走,她们又开始了审问。

“你告诉我他叫什么？我们去找他。”

“你还爱你老公吗?”

“你想生下这个孩子还是做掉？你快说啊!”

“你还在中毒期吗?”

“最后一次来月经是什么时候？预产期是几月份？我来算算。”

“要怎么协调这一切?”

一番审问过后,姐姐突然想到一个方法,赶紧跟她说:“让妈妈带你去乡下吧。心理医生给你的建议也是这样的。你在乡下待上三个月再回来,到时候你的精神疾病就好了,也可以宣布你怀孕了。不用怀疑你怀上孩子的日子,那件事情发生之后的一周你才来的月经。”

她瞪着她们大笑，之后默默地坐了一会儿，独自跑到阳台上看着对面的楼默默地站了很久。她进来说：“孩子的父亲在那栋楼里。他现在正在看我。”

十二

时间过得真快，她怀孕两个月了。这期间她不吃不喝，整个人消瘦得厉害，因为经常呕吐就直接睡在浴室里。

她在早上受尽痛苦之后睡上一觉，然后扶着母亲到户外，在长椅上坐很长时间。她用手抚摸着腹部，什么也不说，看着附近玩耍的孩子叹息和微笑。妈妈一直隐瞒着女儿怀孕给她带来的惊喜，怕沉默不语的女婿知道了有一天会离家出走。

女婿把所有的时间都花在狗和猫上面。由于缺乏照顾，老婆喂养的金鱼都相继死去，现在只剩下了一个空空的鱼缸。姐姐害怕与妹夫见面，就派她老公过来作陪。晚上两个男人在一起喝啤酒，几乎不说话。

她跟单位请了长假。现在她已经适应了无人照料的生活。老公是最后一个知道她怀孕的，不过这次他并没有惊讶。他认为，即使她怀上别人的孩子，也比她患上精神病要强很多。有一天晚上喝醉之后，姐夫终于道出了事情的真相。他咬着牙从头听到尾，站起身走了。从第二天起，他不再关注什么精神疾病，开始全身心地照顾自己的两个宠物。其实，他已没有吵架的力气和冲动了。接二连三的事情像一个个谜团一样彻底征服了他，他这样的表现反倒对谁都好。对他而言，想自己和老婆的过错都是一种煎熬，他想忘掉这一切。他常想起她那位同事，不过也准备忘记他。只是，那个男人总在他的梦里出现。

十三

有一天，她觉得自己非常平静。她像往常一样在浴室里干呕了几下，然后走了出来。她翻着衣橱找，穿上又暖又时尚的衣服，没自信地去找她的老公。老公和妈妈坐在那里，正默默地看着她。

“去医院吧，检查一下。在电影里，这时候通常都是由老公陪着去的。”她用哀求的口吻说。老公抬起头看了她一眼，平静地微笑着说：“好吧。”这句话他说得也很没有自信。

她像陌生人一样带着踌躇和悔恨抱住老公，轻轻吻了他的脸。老公刚开始有点反感，没过一会儿心里就荡起了温暖，看着老婆消瘦、苍白的脸说：“我真高兴我们能有个孩子。”

听到这句话妈妈哭了。他们一起出门，路过儿童服装店时，老公把车停在路边，用右手指着橱窗说：“我选了那一款的婴儿车。”老婆不知道他说的是哪一款，可依然微笑着说：“那款的我也喜欢，真的……”可心里想的却是应该买个大一点的。路上她又开始干呕。

到医院时，她总算不呕了。她不顾妈妈的多次央求，把妈妈留在车里，手里拿着装满孕期资料的大包，挽着老公的胳膊走了进去。

她没想到这里会有这么多孕妇。平日里看不到这么多孕妇，原来她们都在医院里。孕妇们聚集在诊室门前，有的由老公搀扶着，有的由姐妹、朋友带着。从人群中看到一位十六七岁就怀孕的少女，夫妻俩都愣住了。

“这么多女人都怀孕了，我才……到了二十九岁之后……”她沉重地想着这个问题，用余光扫了一眼老公，看到他的脸上满是喜悦。她抬起头大摇大摆地走过去，等待医生叫号。

“不管怎样，我是一个真正的女人。我能怀孕，不比谁差，我可以！很快我就会生了，会有自己的孩子，要当妈妈了。”这么一想，她的内心很平静，克制住了翻上来的干呕。她用双手护着自己隆起的肚子。他看到后也把右手放到了她的肚子上。他们没看彼此，此刻都在微笑。

“下一位，十五号女士请进！”随着医生叫号的声音，她慢慢地站了起来，老公想跟着进去，被护士阻止了。

十四

医生对她的检查似乎比别人都漫长。护士扶着她出来时,她的脸色是苍白的。坐在门口的人们惊讶地看着她,不约而同地把头转向她老公那里。

他看到老婆的脸变得很可怕,赶紧走过去,发现她咬破了嘴唇。他从护士手里夺过老婆皮肤细腻的手,张开双臂拥抱她。

“赶紧离开这里吧。”她说。

“什么?”

“我们赶紧离开这里吧……”她的声音很沙哑,还带着悔恨。

“你们是开车来的吗?”护士突然问道。

“是啊,我们三个人……丈母娘也在。”他不知所措,只能回答护士的问题。

“哦,那你把老婆交给你丈母娘后过来一下,大夫说要见见您。”

她突然大喊道:“不用,不用跟那个医生见面了! 你们也别去,不要进这个诊室……”片刻的宁静之后,医院里的病人们炸开了锅。

一路上他们没说话,她默默地看着窗外。他知道一定发生了什么不妙的事情。“来回走没伤到胎儿吧?”他突然这么一想,立刻就没底了。以前他不喜欢孩子,可是……为什么被刚才的想法吓了一跳呢?

他咬紧牙关,紧锁着眉头。她反反复复地看着自己的腹部,努力地想看到什么,可什么也没看到。

回到家,她便茶饭不思地躺在床上。妈妈给她送去热茶时,她用被子蒙住了头。她一听到脚步声就知道老公来了,连头也不抬。

“怎么了?”丈母娘问女婿。

“不知道,在诊室里待了很久才出来,然后就朝护士大吼。还说赶快离开医院,再没说别的。”

“怎么办? 是不是用 X 光测出了婴儿畸形? 阿弥陀佛,因为她是在被动的情况下怀孕的……”

他皱着眉头跑了出去。

十五

“你是她老公吗?”

“是的,她是我老婆。”

“你们结婚几年了?”

“六年。”

“没怀过吗?”

“没有,这是第一次。”

“你是头婚吗?还有没有其他孩子?”

“妈的,她是我的第一个老婆。医生,到底怎么了?请你快告诉我。实话实说吧,我能接受。最近几个月里我经历了好多。请你相信我,我能接受。为什么查了那么久?别人都五分钟十分钟就完事了,单单我老婆检查了半个小时。”

“你老婆什么时候告诉你她怀孕了?”

“一个月前,不,具体日子我记不清了,最近发生了好多事……到底是什么时候来着……”

“发生了很多事?”

“是啊,我刚开始不相信我老婆……逼迫她……那个,我有很长一段时间都没在她身边。不过这也无关紧要。我以为她神经不正常。丈母娘也……”

“精神不正常?看医生了吗?”

“怎么没看?她不去医院,我们就找了个名医到家里看。他说是受到惊吓造成的,还说需要再观察。”

“后来呢?复查了吗?”

“当然。不过和这有什么关系?我老婆……那个……我们的孩子健康吗?”

“年轻人你听好了,你老婆没有怀孕。”

“您说什么?”

“你老婆没怀孕。我也说不好她什么时候会怀孕。你们应该早点来看医生才对,如果从今天开始检查……可以查出你有没有问题,你老婆有没有问题。然后……”

“没怀孕是什么意思?她的确怀孕了啊!这个我们都知道,丈母娘也知道。”

“你们是怎么知道的?”

“当然知道。我丈母娘生了四个孩子,有两个夭折了,不过还有两个是正常的啊。当妈妈的当然能知道。妻姐生的多,六个……她们都知道。我也……”

“年轻人,你听好了,不要嗯嗯啊啊,要好好听我说。你老婆的确没怀孕。她三个月来不思茶饭、经常呕吐,都是心理问题在作怪。她太想要孩子,导致了假性怀孕。这样的病例在临床上很常见。女人呕吐不算什么,如果相信自己已怀孕,甚至会停经。不过她停经的情况我们会复诊,我觉得来自心理的干扰更多些。”

“应该不会吧。”

“我在妇产科干了三十五年,什么没见过。刚才我们进行了X光检查,这可是最先进的科技成果。她不相信我的诊断,于是我们叫了很多专家来会诊。她的确没怀孕。我们查过、听过,没有胎儿的心跳。通俗地讲就是这样。这样你就容易懂了。她喜欢幻想,还相信那是真的。”

“那她的肚子……肚子怎么变大了?肚子里的是什么?”

“什么也没有。未来怀孩子的子宫现在还在睡着呢。假性怀孕经常会导致腹部隆起。不过她的身体健康,我相信在不久的将来你们会有孩子的。诊断书已经开出来了,去找大夫看看,不是什么大问题。”

“或许您误诊了!”

“我或许会误诊,不过策仁桑布医生就不会误诊,他是我国最好的医生之一。检查记录在这里。策大夫查得很细,所以才用了这么长时间……诊断不会有误,不信你可以上楼见见他本人。我们确定她是假性怀孕。孩子,你要坚强起来,好好安慰你老婆,不然她会承受不了的。回去吧,明天等她平静时领她过来,我告诉你们一家好医院,也可以去找精子库。”

十六

他独自在医院门口坐了很久。回到家看到老婆在坐着发呆,面前放着她母亲送来的茶点。她的头发乱糟糟的,眼睛也哭肿了。他非常心疼,过去拥抱她。

“不用生下别人的孩子了,你心里应该很高兴吧?”老婆问道。

他没说话,吻了老婆的额头。她开始大哭,站在旁边的母亲无奈地央求道:“到底发生了什么事? 快告诉我吧!”

“您先回家吧,晚上我打电话告诉您!”他用命令式的口吻说道。丈母娘嘴里嘟囔着什么出去了。防盗门被关上时,他抱住老婆,吻着她流下的热泪。

晚上他们紧紧地依偎着彼此,看着天花板。

“我还以为你会生下他的孩子呢。”他说。

“他是谁?”她警惕地问道。

“你那位高个子同事啊。我去给你请假时,他领我过去的,一直站在你们领导办公室的门外看着我。他好像很关心你为什么没去上班……”

“他叫图尔宝勒德。”

“你跟他上床了?”

“没,没有。请你相信我,我们什么都没发生。”

他从老婆的话语中猜出了一切,长长地叹了一口气后说:“我相信你。”说出这句话时,他觉得自己正在享受莫大的幸福,无力地做了几次深呼吸。

“他对我特别好,不过我们之间什么都没发生。我倒是真梦见过他,一次……不是,是两次。也就这样。现在想来,那都是幻想,或许是因为我太痛苦了,因为孩子……”

“这我能理解。”

“我以为我怀不上孩子是你的问题,也的确想过要和别人上床,不过也只想过那么一次,就一次……再没想过,我发誓。我没想到这个想法会深深地沁入我的内心。”

“说不定真是我有问题呢。小时候跟人打架,被人踢过那里。当时我也没去看医生,或许问题在我这里?咱们去医院查吧,这样就什么都清楚了。如果我们再相互猜忌,那就一错再错了。亲爱的,咱们肯定能有孩子,我们应该相信自己。现在你应该平静一下,一切都过去了。可能是因为我扔下你一个人走得太远了。”

“错不在你,在我。”

“傻瓜,你现在该休息了,好好睡一觉。你真的不呕了?”

他们看着彼此笑了。她坐起来用比往常可爱的声音说:“好了,好了。你去医院时我在浴室里哭了好久,哭完就平静了。我也不呕吐了,一切都恢复正常了。妈妈熬的茶和煮的肉都不能让我呕吐了。我现在特别好。昨天的这个时候我还躺在浴室里呢。”

“对啊,真可怕。给别人讲,他们肯定不相信。”

“你要从明天开始上班吗?”

“咱们还是去找一下今天看的医生吧。”

“是吗?那明天再说吧。”

“好的,亲爱的。好的,现在休息吧!不过……你……亲爱的,我只想问你一个问题,你不要说我在逼你,好吗?如果你跟那个男同事什么都没发生……如果真没那样,你应该不会觉得自己怀孕了啊,能告诉我发生了什么吗?今天让这件事翻篇吧,说吧,亲爱的,跟我说实话。你跟谁上床了?我发誓我不会生气,我只是想知道真相。你可能也是为了要孩子……”

“那个……那谁……就是我同事……”

“图尔宝勒德?”

“嗯……我以为他强暴了我。”

“什么意思?”

“他约过我,我没去。那天他的助手给了我一盒巧克力,手里还拿着一杯咖啡。她说咖啡还没来得及喝就要出去,说我可以喝。当时我正忙,有些口渴就把它给喝了。那天晚上做了噩梦……第二天起床时我的浑身都是印痕,你一看见它就想歪了。后来连我自己也相信了。我相信他给我下了安眠药……就这样,我越想越离谱……越想越离谱……”

“什么什么?如果他给你下了安眠药……那一切皆有可能?”

“我今天在浴室里哭的时候才知道这一切都是幻想。今天医生说我没怀孕,彻底让我从噩梦中惊醒了。或许你们真应该带我去精神疾病医院。”

“那么……你确定没跟任何人上过床?”

“当然。我敢确定我没有身体出轨,不过不敢保证我不曾有精神出轨的经历,所以我接受我的罪孽,我在心里想过别人。我的心里住过其他人,可能也是因为孩子……”

“或许每个人在心里都会和别人过日子吧?”他若有所思地说道。

“你有没有梦见和其他女人做爱?”

老公安静地躺了一会儿,点了点头。

“她是谁?我认识吗?或者是模特……”

“想不起来她的模样,只记得在各种场合做爱……在野外、屋里,还有在车里。出国那六个月,这样的梦我做过好几次。我知道梦里的那个人不是你,所以有时候也会自责,但只是梦而已。我……我不能选择自己的梦啊。我说,如果你现在有机会和图尔宝勒德一起……说不定咱俩一辈子没孩子啊,如果咱俩都要不了孩子……”

她能感觉得到,说这句话时他的身体紧绷了一下。

“我发誓,无论是否有孩子,我都不会出轨,包括心理出轨……”

“我们会有孩子的。如果是女儿，就取你名字的前半部分；如果是男孩……”说到这里，他默默地想了一会儿，突然大笑一声说，“就叫他图尔宝勒德吧。”

她听出了老公的意思，便把手伸到他的腋下准备胳肢时老公翻过身来抱住了她，两个人开始在床上打闹。

一个小时之后，他们握着彼此的手安安静静地进入了梦乡。老公梦见自己洗着朋友舒克的红色汽车，旁边的那条公狗生了一只红色的小猫。她梦见自己赤身裸体地躺在一位少白头的身边。

两个遗憾

我一看到那位五十来岁的女人,就觉得她特别亲切。我们相识于从乌兰巴托开往莫斯科的列车上。她合群、温和,和我一见如故,名字叫娜仁吉尔嘎拉。刚认识时她就说:“你就叫我吉嘎好了。”

“这次旅行我特意选了火车。如果坐飞机的话,当天就到了,没意思,还让人觉得孤单……”她说着,以她这个年龄不可能有的活泼劲儿晃了一下脑袋,大笑起来。

“我倒是觉得火车更容易让人孤单。如果我有钱,那肯定会买机票。火车的好处是便宜。”

听了我的话,她缓缓地说道:“年轻人都喜欢忙碌。人一忙起来就什么都顾不得注意、顾不得想了,一直忙啊忙,忙啊忙。”

“当天就能到地方,那不是很好吗?”我觉得她有点奇怪。

“这一次我是故意不坐飞机的,想再次感受一下坐火车。你看看,我都忘记了这车厢的门怎么关,刚刚还想了半天呢。年轻时我坐过多少次火车啊。那时候真希望自己马上有钱,出门可以坐飞机。现在如果可以回到连机票都买不起的年轻时候,我愿意拿出我的任何东西来换。真的,我的一切财产,赚到的一切都可以作为交换的筹码。”

“哟,您还想回到年轻的时候啊。我恨不得赶快老去。等我退了休就拿国家的钱,不用担心工资,不怕领导的数落,可以安心地享福。如果可以不工作,那多舒服。每天都是假期,每个月、每一年都是假期,舒服极了。”

“是吧,孩子。人老了也安静不下来,反而更劳累。除了等死,再也没有什么可期待的了。不过我也不是后悔自己老了。妹妹,你看看你自己,多漂亮!你一定得学会珍惜青春,珍惜上天给予我们的幸福。你有很多东西可以期盼,也可以期盼退休。你的未来是未知的,对我而言未来不是美好的设想和未知的一切,它已成为过去和朦胧的回忆。大家都说美好的回忆是第二种生活,看来此话不假。如果你老姐我能回到过去,哪怕一次也好啊。”

“为什么要回到过去?去实现自己当时没有实现的梦想吗?还是想换个职业,或者……”

听到这句话,吉嘎姐“咯咯”笑了。我觉得自己说了一句蠢话,赶紧清了清嗓子继续问道:“如果回到过去,您首先要做什么?”

“你是说我吗?”吉嘎说话时看着我,好像我可以让岁月倒流。她压低声音接着说:“我要弥补我的两个遗憾。”

“两个?”

“对啊,多吗?”

吉嘎姐又笑了。她一定觉得和我这样开玩笑很有意思。她带着微笑透过车窗望着远处的天空沉默了一会儿,故作神秘地说道:“一开始,我想回到我的十七岁。”

“十七岁?”我禁不住喊出了声。看着她舒服而优雅的脸庞,我不得不承认她曾是一位美女。

美女姐姐没有搭话,望着窗外发呆,完全忽略了我的存在。过了一会儿,她听见敲门声才从思绪中回到现实,像死人复活般用好奇的眼神看着我。服务员送来茶水之后她喝了一口茶,看着我,才决定开口。

“如果我回到十七岁那年的新年……然后我赶紧回到二十五岁那年去弥补我的遗憾,这样就可以了。”

“您只有两个遗憾,真好！我的遗憾可能有二三十万个,我都不知道应该弥补哪一个了。”

吉嘎姐安静地看着我说:“并不是每一个遗憾都值得回忆。”她说着长长地叹了口气,继续说:“现在我过得很好,家里条件也很好,周围很安静。我有一个好老公,还有四个已长大成人的孩子,他们的工作也不错。我有住所、朋友和汽车,也有足够的钱来对付我的余生。人的一生,总是需要很多东西,人的欲望也无边无际,真不好理解。人们总在努力工作,工作,以此来积攒更多的物质财富。现在回过头看,总觉得那些东西其实好多都无用。我几乎得到了想要的一切。这也是我艰苦付出的结果。所以并不是每一个遗憾都会让我觉得难过,如果是后悔,那又是另外一码事了。”

说到这里,姐姐不说话了。我也不知道说什么,回味着她刚才说的一席话。吉嘎姐取了发圈,用手理了理头发,又用发圈扎上。她的头发很密,也很漂亮。她整理好头发,把它甩到脑后,用列车上的紫色小棉被裹住脚说:“如果……我给你讲讲如果时光能倒流的话我想做的事?我们要一起待五天,要怎么打发旅途的寂寞?得聊天。咱们好好聊聊吧,包厢里只有咱们两个。四个人的卧铺只有咱俩,多好。四个人吵吵闹闹地在一起,不如咱俩安安静静地聊天。”她边说边从桌子上拿起一枚糖果,剥了糖纸放进嘴里,优雅地靠着枕头开始讲。

十七岁

一

那一年我十年级毕业,我的两个闺蜜准备去其他城市读书。闺蜜们都选好了学校和专业,我却名落孙山。我失落地回到家里休息,准备参加明年的考试。有一天,班里的一个男生颇有兴致地来找我,原来是我的两个闺蜜请我去她们所在的城市一起迎新年。

我软磨硬泡了半天,爸妈才给了我三天的假期。父亲给我的那几个钱我都用来给闺蜜买礼物了，只能求同班的那位男生给我买张火车票，然后跟他一起上了车。穷一点也不错，没有负担，不必想那么多。如果我现在去另一个城市参加什么跨年活动，恨不得把全家都搬过去，得带换洗的衣服、首饰、化妆品、常备药和礼物，估计箱子里都装不下。当时我央求二姐，借了她那件黑裙子，又借了大姐的项链。我往拉杆箱里放好洗漱用品、给闺蜜的礼物和正在读的一本书就算大功告成，没带其他东西。

同班的那位男生也和我一样轻装上阵。他连背包都没有，双手插着口袋就过来了。我们就这样登上了列车。

这三年来，他每天晚上都来我家。不，不是的，他不是我的男朋友。他一次都没向我坦白。每次来我家，他手里拿着各种女生的照片，告诉我这位女生他想搭讪，那位女生已被他“搞定”之类的胡话。在追女生方面，他每次都听取我的意见。我作为一个女生还远程操控着他泡妞这件事。他的吉他弹得好，歌唱得也很棒。他在我们同龄人当中很出名，用当时的话说，他就是个“小混混”。真的，你老姐我年轻时总和这些“小混混”交朋友。不过我恋家、爱学习，又听话，所以在当时也很有名。我还是喜欢和“小混混”们交朋友，真是搞笑。我那个“小混混”叫巴岱，他每天都来我家，一次都没误过。他甚至把心爱的吉他也留在我家里。他一来就在我家玩乐器。我呢，他一叫我就坐在台阶上听他弹唱，或者不停地跟他聊天。那家伙爱说，爱听别人说，爱笑。我们拿着那些女生的照片评头论足，给她们起绰号，赞美她们的美貌。过不了几天，巴岱就会喜欢上照片上的女生。他总是耷拉着脑袋过来，讲他的情史讲到深夜。我呢，张大了嘴听他讲。喜欢上一个人，大家都不愿意给别人讲，不知巴岱是觉得我最值得信任，还是因为他的确需要别人的意见，总之他每天晚上都在我家楼梯旁边等我。每每想到他，我就能想到他焦急地问我“怎么办”的样子。

在我们班里，住宿舍里的同学不管是男是女，都今天喜欢这个，明天又喜欢那个。我则不然，我谁也不喜欢、不欣赏、更看不上眼。我想都不想这些问题，每天忙功课，忙完功课就和我家的狗一起玩。我和班里的男生一起踢足球。有一次当守门员时，脸上挨了一球才知道足球不属于我。我像男生一样直爽，不过从表面上看不出来。男生呢，也跟我表白过，他们会时不时地喜欢上我。遇到这种事我总是不热情，不激动，不喜悦，马马虎虎地让它过去。我喜欢俄罗斯巧克力胜过喜欢男生。到了晚上女生都忙着去约会时，我就待在家里找妈妈藏起来的巧克力糖果，每次都会有新的收获。我像贼一样轻手轻脚，像狗一样这儿翻翻、那儿找找，总能找出我想要的东西。不过我不会说谎，一说就让大人发现了。

现在，那个手插在裤兜里的“小混混”带着爱说爱笑的女生坐上了开往额尔登特①的列车。当年除了火车没有什么交通工具，就算有，我们也买不起票。毕了业全班同学就各奔东西，只剩“小混混”和我了。

两位闺蜜见到我们非常高兴。她们不和父母在一起，因此有了很明显的“成人化”特点，仅仅几个月就长成了大女孩的样子。这一点，巴岱和我一眼就能看得出来。我们彼此默默地用眼神交流，告诉闺蜜她们的变化多么让人羡慕。我和她们俩是形影不离的好闺蜜。十年级毕业之后，我们约定要填报同一所学校的同一个专业，上同一个班，等等。在九年级的时候，我们握着彼此的手朗读这方面的诗歌并发了誓。那真是天真无邪的年龄！到了毕业那天，才知道我们不可能被同一所学校的同一个班录取。当时依据考试成绩录取，如果分数不够，肯定上不成大学。好在我们三个学习成绩都还算不错。一个闺蜜在我们隔壁班，学习成绩在全年级排第一，我和我们班的这个闺蜜排第二和第三，所以上大学应该不成问题。在当时，只要成绩理想，就能考取理想的学校。我们悄悄约定彼此不分离，为了实现这个愿望，准备一起填报额尔登特职业学院的裁缝专业。只有那所学校有三个录取名额，其他学校只有一个。我们约定毕业之后都去额尔登特市，只有这样我们才能在一起。我们不听老师的劝告，选择了裁缝专业。这在我们学校引起了轩然大波，大家都说

① 额尔登特：蒙古国北部城市，鄂尔浑省首府，位于杭爱山北麓，为蒙古国第三大城市。

能上大学的孩子却选了一所职业学院。我准备选专业时哥哥突然跑过来了,原来是老师给我们家通风报信啦。我在校长面前和哥哥吵架哭闹,场面被弄得一团糟。哥哥揪着我的耳朵,死活不让我报那所学校。我根本不想填报其他学校,可哥哥说选择职业学院还不如去中专,专业学好了还可以报考大学。他可能觉得小学教师这个专业很好,就直接给我填报了志愿。就这样,我背叛了当初的誓言,而我的两个闺蜜去了同一所学校。她们目睹了事情的经过,所以也没生我的气。离开了两位闺蜜,我的失落不难想象。

见到我和巴岱,她们非常开心。我的两位闺蜜住宿舍,领大学生的工资,已学会缝制时尚的裙子。她们整天和长她们几岁的班主任老师腻在一起。她们长大了。知道她们能和班主任老师打成一片,我打心眼儿里羡慕她们。听说我们要来,她们做了精心的准备。闺蜜们的老师,那位从乌兰巴托被特聘到额尔登特的二十三岁的姑娘,把房子的钥匙交给她们,自己去乌兰巴托和父母团聚去了。

两位闺蜜到火车站接我们,向我们讲起了她们冗长的跨年计划。那天是十二月二十八日,我和闺蜜手牵手,踏着皑皑白雪沿着额尔登特的大街走了整整一天。她们不停地说着,偶尔也问我的情况。"小混混"巴岱则给了我们三个说悄悄话的机会,自己开溜了,估计去找在额尔登特的"同行"了吧。对了,我忘了好好给你介绍我的两个闺蜜了。乌日图和巴彦娜都是美女,她们很聪明,学习成绩在班里拔尖。她们的父母都是知识分子,所受的教育让她们成了端庄、温柔的人。乌日图的美貌不仅仅在我们学校,在整个市里都有名。相比之下,我和巴彦娜的相貌就不那么出众了。追乌日图的男生数不胜数,知道我们是闺蜜之后,好多男生开始讨好我,给我买礼物,搭人情,任我呼来唤去。那些想通过我与乌日图搭上关系的男生整天围着我们转,其中有不少人都让巴岱给赶走了。巴岱是我的保镖。我呢,答应那些男孩把他们介绍给乌日图认识,拿了他们的巧克力就大摇大摆地坐在那里不动,不过这一点连我自己都没发觉。在额尔登特也一样,乌日图已经有了不少粉丝。

巴彦娜喋喋不休地说:"晚上咱们彻底狂欢一下,老师的房子已经暂时归我们啦。从两天前我们就开始仔细装饰圣诞树,好让它们符合你的审美。你眼高,好多东西都看不在眼里。不过我们真的已经装饰得很好看了。从门楼到厨房、卫生间和阁楼,我们都装饰好了。圣诞树上挂了十一个用巧克力做的圣诞老人。不过,你要让它们待上两天再吃啊,等你要回去时全部摘下来给你。晚上会来几个朋友跟我们一起疯,其中一个是大领导的公子,富家子弟,说不定会给我们带很多巧克力过来呢。"当了大学生,她们看起来成熟、稳重了一些,不过聊的话题还和以前一样幼稚。

跨年活动开始了。我最喜欢跨年,因为那是新年的第一个节日。

老师的房子里看起来干净、有趣,闺蜜们的装饰也很用心。她们在窗户的玻璃上画了接吻的情侣,卫生间的镜子也被绦带装饰一新,上面用口红写着"新年快乐"几个大字。从唱片机里传来"摩登淘金合唱团"[①]的音乐,他们的歌曲在平时很难听得到。我真喜欢这座房子和它的每一间屋子。我们在镜子前旋转,互相烫头发,梳各种各样的发型,嬉闹了一整天。十六时,我们刚摆好餐桌就听见有人敲门。我往嘴里塞满了食物去开门。可是……可是一开门我就不得不连连往后退,还被嘴里的食物呛到,场面真尴尬。站在门外的不是女生,而是四个帅气的男生。

"你好!"他们看见我愣了一下,然后像军人一样齐刷刷地打招呼。

我礼貌地点了点头,用手背擦着嘴赶紧往回跑。我以为赴约的都是闺蜜的闺蜜们,突然来了这么几个男生,的确吓到我了。

在闺蜜的推搡下,十几分钟后我走进客厅。四个男生都坐在餐桌后面的沙发上,尴尬而又耐心地等着我。我虽然不是很情愿,还是走过去坐到了餐桌旁。他们四个齐刷刷地看着我。

"你们来认识一下我的闺蜜吧!"乌日图说道。明明没什么好笑的,她还是"咯咯"笑了。过了很久,我才恢复到原来的状态。被四个陌生的

① 摩登淘金合唱团:德国流行音乐双人组合,代表作品有《路易兄弟》等。

男生盯着,哪个女生不慌乱?男生报自己的名字,一个个和我握手。

你相信一见钟情吗?老姐我就相信。就这样,我看到了他。平静下来之后,我鼓起勇气,用不安的眼神悄悄地看了他们一眼。四个人都是体育生般的高个子,个个都干净利落。我们年龄相仿,因为他们是运动员,所以看着成熟一些。巴彦娜小声对我说道:“他们是水上专业的,划船技术超好。”额尔登特的蓄水池在社会主义时代[①]就很有名。

不知道为什么,我不喜欢那种皮肤白皙、娇生惯养的奶油小生。刚开始以为他们也是那类人……看来并非如此。只有那个脸色消瘦,显得孤傲的男生有一点像。是的,第一次看见他,就被他的眼神迷住了!这些人正是乌日图所说的追过她的高干子弟们。不过,现在我想不起来那些人的样子了,只是常常想起其中的一个男生。

那天晚上我们玩得非常开心。三个女生、四个男生……我们一起跳舞,一起唱歌,一起玩由乌日图的男朋友提议的游戏。我们玩累了就围坐在一起,看着彼此笑。我们都很有教养,跳舞时最多也只是碰一下彼此,没有过分的动作。

从我到客厅之后,那个男生就一直盯着我。我能感觉得到他喜欢我。最最奇怪的是,我平时像个假小子,和男生称兄道弟,那时却感觉到了微妙的变化。我感到害羞,从脸到手指都变得通红,感到紧张和激动。我弄掉了放在餐桌上的叉子,弄洒了碗里的奶茶,给大家切油煎扁条时做错,出尽了洋相。我以为除了我自己不会有人注意到这些。每次出洋相,我都觉得特别尴尬,恨不得找个地缝钻进去。我花了很长时间才弄清楚自己为什么喜欢那个男生,而后不得不承认我的确很喜欢他。我们眼神相遇时,我都会惊慌失措地回避,但又忍不住看他。这样的情绪让我害臊、生气又苦恼。

他一直盯着我,就像世界上只有我和他一样,亲切、直接地盯着我。他的目光刺痛了我的全身,让我感觉燥热。他的朋友看出了其中的猫

---

① 社会主义时代:蒙古国的社会主义时代是指 1924 年至 1992 年这段时间。

腻,抛过来几句话逗他。他却满不在乎,一声不吭地盯着我,目不转睛地盯着我。

后来你老姐我遇到过很多爱慕的眼神,可再也没碰到过如那个男生勇敢、直接和满是爱意的眼神。透过他的眼神,我明白了他和我一样,没有喜欢过其他人。是的,真的,他喜欢的第一个女生竟然是我。我也感觉到他眼神的用意,心里激动万分。

我吃着油煎扁条,喝着果汁,听着音乐。其实当时我不想吃也不想喝,什么也听不进去。我想他,想读懂他的眼神,想切肤地感受他的每一个微小的动作。我故意低头时与他的眼神相遇;和闺蜜聊天时他的眼神也炙烤着我。我的全身——肩膀、手、脖子、头发和嘴唇都在他的观察范围内,我感觉自己不再是一个有机的整体,身上的每一个器官都已分散。我变得飘飘然,无法安静地坐在那里。被一个喜欢的人盯着的时候,女人能感觉到什么?能够感觉得到自己、自己的内心和性别。那天晚上,我觉得我的头发比任何时候都乌黑,我的手比任何时候都柔软,我的声音也变得格外温柔。我想笑,可笑得不自然,本想逃避他的眼神去另一个房间,又发现自己根本离不开那里。

我紧张和激动,像个石头人一样僵硬地坐着。看到我的样子,闺蜜们觉得很奇怪。乌日图说:“今天你怎么这么奇怪?路上没休息好吗?”巴彦娜小声跟我说:“你看不上这些男生吗?要不我们换个地方,这里的聚会就散了吧。”我哪儿也不想去,也不想动,就想这样待在这里,想和餐桌对面陌生的男生一直待下去,永远地待下去。都说闺蜜是你心灵的另一半,我看也未必,是不是?在一起这么多年,闺蜜们还是不了解我。后来她们渐渐明白我一见钟情地爱上了他,他也一见钟情地爱上了我。

他的朋友们取笑他,用手轻轻地推他,与他窃窃私语。他还是那个固执、骄傲的男生,不顾坐在他对面的女生(巴彦娜和他面对面而坐),盯着我这个来自另外一个城市、坐在他斜对面的女孩。

我第一次担心自己的外表和首饰,开始嫌弃我的穿着。姐姐这条裙子的衣领有点低,太束腰,还有一点短。我把自己从未喜欢过的两条细腿藏在餐桌底下,用力地拽着裙子的下摆。我坐在那里,大家当然看不到我裙子的下摆,可我还是一直弄着它。乌日图为了让我看起来更加可爱,一整天都让我坐在镜子前给我烫头发,固定在头顶的头发看起来很成熟。我的脖子看起来像鹅脖子般细长,我害羞地低下头,像一阵风吹过我的胸部和脖子,感觉有点冷。我把没有涂指甲油的手伸到餐桌下面,拽着我的裙子。"戴耳环就好了,不,不戴更好看;戴耳环就好了,不,还是不戴为好。"我满脑子都是这样的问题,根本静不下来。

那位像墓碑一样一直盯着我保持沉默的男生突然说话了。他轻声地问我:"你冷不冷?"屋里顿时变得鸦雀无声,大家都看着我们。我惊讶于"墓碑"的复活,面对大家的眼神时突然慌了神,说出了与之毫不相干的一句话:"耳环。"大家都没说话。我的脸变得通红,正左顾右盼时,乌日图的一声大笑拯救了我。我刚刚平复情绪时,乌日图从后面抱住我说:"哦,原来你没戴耳环?傻瓜,你给忘了吧?我不是提醒过你吗……不过还好,不戴耳环你也挺可爱的。"男生们微笑着力挺她。其中的一个男生说:"别说是耳环了,就是这条围巾没有了,你这位闺蜜还是很可爱。"另一个男生接过来说道:"别说是围巾,就是不穿靴子也显得可爱。"在起哄声中第三个男生接着说:"别说是靴子,就是没穿连衣裙你的闺蜜也很可爱。"屋子里响起强烈的欢呼声,大家开始用啤酒干杯。现在大家紧绷的神经得到放松,有人开始吟诗朗诵。

我很害羞地用手摸了摸没有戴耳环的耳垂,鼓起勇气抬起头看他。他还是不言不笑,直勾勾地盯着我。那双眼睛盯着我,我浑身不自在。我站起来跑进浴室。我用凉水冲了一下通红、发热的脸和脖子。我抬头发现脸上的妆也被冲走了,不禁叫出了声。我坐在那里冥思苦想,决定不去理这件事。坐了一会儿,我的心就静了。我知道我不能一直这么坐着,很不情愿地开了锁,准备出去时和他碰了个正着!我们差点撞在一起,彼此都赶紧往后退。

我的心像被囚禁的小鸟,跳动开始加速。"跟他打个招呼,还是擦肩而过?跟他能说什么呢?"我不知如何是好,站在那里发愣。我相信山重水复疑无路时定能柳暗花明又一村,因为他先开口说话了。

“你素颜时更好看。”

他的声音在颤抖。我不知怎么接这句话,脸上挤出微笑说:“刚刚不小心把妆给洗掉了。”我努力使自己平静下来,不敢看他的眼睛。

站在我面前的他突然向前迈了一步。我们之间的距离缩得更小了。我不敢抬头,僵在那里,也不敢后退。他伸出手,把我刚才洗脸时弄乱的头发理到耳后。那一刻,我差一点停止了心跳。“我的妈呀,刚才到底发生了什么?”

我红着脸,用尽浑身的力气抬起头,轻轻地说了一声“谢谢”。我准备从他的右侧绕过去,他也跟着我挪步,刚好挡在我面前。我抬起头看他。

“咱们先别去客厅了,就在这儿聊一会儿,好不好?”他小声对我说。

我本应该说“和陌生人没什么好聊的”,如果是以前我肯定这么回答他,我常这么说。不过这次,我词库里的那几个字不见了。不知不觉中,我被他牵着手进了小屋。

我们面对面地坐着。现在已经想不起来我们是怎么走过去坐到椅子上的。我就那么看着他。这次我低着头掩饰了我的眼神,不敢冒昧地直视他。

“你什么时候回去?”他小心翼翼地问了我一个奇怪的问题。

“明早。”说完这句我清了清嗓子。他抬起头看着我,站了起来。

“今天刚来,明天就回去了?”他的声音在颤抖。

“爸爸只给了我三天的假。在往返的火车上需要两天,可以在这里待一天,仅此而已。”说这句话时我的语气有些欢快,这让我很后悔。

“从这里到你们省,要走一天?”沉默很久之后,他问我。

我回答道:“是啊,一天一夜。”

他突然睁大眼睛瞪着我,使我有些不适应,不过这次我没有躲避,还保持着刚才的姿态。我们看着彼此,像墓碑似的僵在那里。他的睫毛很长,眼睛看起来很黑。他的睫毛,与他那直接、固执而让人激动的眼神有些不相匹配。他用那双睫毛很长的眼睛看着我。我坚持不住,红着脸笑了。之后,可怕的安静再一次笼罩了我们。也不知过了多长时间,他又伸出手,把我挡在前面的头发理到耳后。我觉得这一幕特像电影里的镜头。我们看着彼此,笑了很长时间。男生站起来又坐下,焦急地从口袋里找东西。

此时“小混混”回来了。不知巴岱这一天都去哪里混了,现在才回来。他的样子活像方托马斯①。小时候我们看过一部叫《千面人方托马斯》的电影,用现在的话说就是蜘蛛侠。可怕的事情愈演愈烈,在人们的生死关头方托马斯总会挺身而出,就像现在!

我们被门铃声吓了一跳,一起站起来,走进客厅,看到巴岱正在和大家打招呼。他还是那个桀骜不驯的样子,把左手插在裤兜,用右手跟大家一一握手,像个军官一样询问大家的名字、年龄和学校。听到脚步声,他一改刚才的孤傲,瞪大眼睛看着我们,不说话了。他有些尴尬,微笑着用眼神和他打招呼。我们的“小混混”很快就进入了他的角色。他看到一个高个子男生(他的性格和巴岱一样孤傲)牵着我的手,有些吃惊。

屋里开始热闹起来,有人开了巴岱带来的高级香槟。看到他,我也不再那么拘谨了,这使我很欣慰。“方托马斯”和我互损,动不动就搂住我,摆出一副主人的姿态。喜欢乌日图的那个男生寸步不离地跟着她,邀她一起跳交谊舞,跳舞时不停地换唱片。

“我们出去放烟花吧!”有人说。大家都纷纷响应他的提议,开始往外跑。我的两个闺蜜几乎是赤身裸体跑出去的。我呢,还记得母亲叮嘱过我的那些话,穿好衣服和裤子,最后一个走到外面。其他人都出去了,那个男生还在门口等我。他很开心和我有了独处的时间,不过没跟我说他的任何想法。他从衣架上取下外套给我披上,像我爸一样给我戴上了帽子。我不好意思地笑了。看到我笑,他也跟着笑。

笑够之后,我奔向暗处的楼梯。他从后面追上来,麻利地牵住了我

① 1964 年上映的法国电影《千面人方托马斯》中的主角。

的手，然后用不自信、但很坚决的口吻跟我说："又不是没看过烟花，跑出去多麻烦。我们就在这里等他们，好不好？"我正犹豫时，他又小声地说："明早你就走了？"我点了点头。

"我有话要问你！"他说。我没有说话，赶紧点了点头。

"你……"

此时房间的门被人推开，我们的手还没放开时那人便风驰电掣般地跑了过来。透过黑暗，我们看到那人是巴岱。"你俩怎么这么慢？大家都等着你们一起放烟花呢！"他生气地说着，一把拽过我的手，领着我朝一楼跑去。我险些被他拽倒。

那个男生没有跟出来，我想他还一个人站在楼道里。烟花并没有给我们带来快乐。我奇怪那个男生为什么不出来，频频回头看，根本没有心思看一眼在夜空中绽放的烟花。

回去时夜已深了。我们开始吃喝，又唱又跳。新认识的男生看着我，我也报以微笑。我们没在一起跳过舞。为了让他跳舞，我使出了浑身解数，最后他都生气了。听说他爱跳舞，跳得也极好。他把脚放在小书桌上，趾高气扬地坐在那里，一次都没站起来。我就和巴岱一起跳舞。巴岱早就看出了那位新朋友的心思，寸步不离地跟着我，跳舞时用力搂住我的腰，把头贴在我胸口。以前在班级的晚会上我们跳过很多次，他从没这样贴过我。我觉得好气又好笑，又害羞，愤愤地跟他说："傻瓜，你这是在干什么！"想要推开他时，他却装聋作哑，把我抱得更紧了。我真不知道该怎么办。我很无奈，更重要的是，为了不让那个男生误解，我特意讲了几个巴岱的风流韵事。平时我讲这些时，巴岱总会侧耳倾听，这一次不仅不听，还生了我的气。这是我们第一次闹别扭。

没有人注意我们三个人之间的微妙变化。不过我已经高兴不起来了。每次巴岱给我讲他的情感疑惑，我都会尽力帮他；这次我遇到微妙的情感时，他却表现得如此冷漠。我已习惯他以朋友的身份来保护我。我想巴岱也已经猜到此时的我摇身一变，成了幸福的女孩。他的鲁莽，我还是无法接受。那个男生想跟我聊天时，巴岱会蛮横地插进来打扰，还故意取笑他，甚至到了要动手的地步。我恼羞成怒，用从未有过的恶毒眼神扫了一眼巴岱，跑出了客厅。出门之前我回过头，看到巴岱有些懊悔地低头看着地板，我才感觉舒服了一些。

我在用绦带装饰镜子的浴室里独自坐了很久，正犹豫要不要出去时，突然有人关了灯。没一会儿，灯被打开，然后再一次被关掉。我觉得这是巴岱在哄我，打算背着大家狠狠地数落他一顿。

一开门，我就看到了一张让我激动的脸。那个男生正靠着浴室的门。他还是很孤傲，眼神里写满了悲伤。他的眼神里藏着同龄人不可能有的谨慎。他的独立、自信和孤傲，都让我非常着迷。我们看着彼此默默地站着。我很清楚站在门口的人不是巴岱。我抑制不住内心的喜悦笑了，但他没有报以微笑。他的眼神里带着忧郁，藏着许多问题。他用一只手扶住门框，另一只手插在裤兜里的样子至今都让我无法忘怀，真的，到现在都忘不掉。

那是没有任何顾忌、直接表达内心的眼神，是聪慧而迷人的眼神。他眯着眼睛想说什么，又把话咽下去，果断地牵着我的手走进浴室旁边的小屋。一进去他就关上了门。我不知道如何是好，几步退到大床那里，腿一软就坐到了床上。他很激动，喘着粗气站了一会儿说："我有话要跟你说。我什么时候，什么时候都没和女生……"说到这里，他就不说了。

我不知道他想说什么，但还是装作明白一切，轻轻地点了点头，屏住呼吸等着他。又是一阵可怕的沉默。我失去了毅力，想要躲闪。

"你把头发披在肩上吧。"他突然小声跟我说。

我不敢相信他想说的是这么一句话。我们看着彼此，又过了几分钟。我虽然觉得这样做既奇怪又好笑，可右手还是伸向头部，解开了发带。我的头发散落了下来！俄式洗发香波的味道弥漫整个屋子时，我突然变得清醒，责问自己怎么会做出这样愚蠢的举动。我很后悔手里没有一把梳子。"梳理之后，我的头发会变得非常飘逸。不知现在看起来蓬蓬松松的有多难看。我为什么要烫头呢？真是傻瓜！"

我清醒之后从床上站起来来回踱了几步，结结巴巴地说道："头发是今天烫的，平时我都是直发。"说着把头发甩到了脑后。我的全身一软，又一屁股坐到床上。

"我的天啊，我这疯疯癫癫地在干什么？为什么一个陌生的男生说了一句话你就可以在他面前解开发带？我现在蓬头垢面，像在给洗发香波做广告一样摇头晃脑，而且……我现在是谁？刚才做了什么？发生了什么事？"我嘲笑、责怪自己，变得不知所措，拽着裙子的下摆，咬住嘴唇低下了头。

"披肩发和扎起来的发型都适合你。"他小声说道。

"胡说……"说这句话时，我听到了藏在内心深处的欲望，感到非常害羞。

"真可惜，我们不在一个省。"说话时他把声音压得很低。听了这句话，我低头笑了。

我们又进入刚才的煎熬时刻，傻子一样僵在那里。我不知道自己是在抬头往上看，还是看着他；不知道是走出这间小屋好，还是一直这么坐着；不知说句话，还是等他先开口。我紧紧地闭上眼睛，又用力地眨了几下，想让自己赶快清醒。他终于开口说话了。当时我觉得做个女人真好，是女人就不用忙着救场！

"我想跟你说句话。其实也没什么。我想问问你。"我清晰地听到说到这里他咽了一下唾沫。

我赶紧点点头。"赶紧，赶紧说。你怎么又不说了呢？说啊，赶紧说……一会儿那个傻巴岱会进来的。希望那傻瓜不要进来，希望谁也不要想起我们。你们就待在那里吧……"

"你有心仪的人吗？"

"什么？"

"不，不是，不是。我想问的是……一定有很多男生对你好。那你……那个……我想问的是，你会不会对某个男生好？有没有心仪的男生。我说的是爱……你说……"

这时候有人一把拽开了房门。我被吓了一跳,赶紧站起来。我的闺蜜巴彦娜站在门外。我们惊讶地看着彼此,脸上的表情都变了。看到她的眼神,我真吓了一跳。巴彦娜的脸变得通红,眼珠转了几下,便像个疯子一样冲过来抓住了我的双手。我真的又惊又怕,还以为某人得罪了她。我下意识地向后退了几步。

我十年的闺蜜使出浑身的力气拽着我的手,霸道地说:“散了吧！现在就散……”谁也没想到她会不征求任何人的意见就来这么一下。我还没反应过来,她就拽着我往外走,嘴里喊着:“大家都散了吧,已经很晚了,散了!”她拽着我漫无目的地走,嘴里重复着这么一句完全没有意义的话。等快到门口时,我用力抽出被她拽疼的手,用颤抖的声音问道:“巴彦娜,到底发生了什么事?”她没回答我,站住了。我和那个男生用眼神交流,不声不响地站着等她继续说。她突然用急躁的语气跟大家说:“我说,大家都散了吧,今天太晚了!”她的脸上写满了紧张和焦虑。

他刚开始也惊慌失措,后来走到我们中间坚决地说道:“现在刚到半夜啊,刚过十二点。你……看看时间。现在是十二点三十五分,还不到一点呢。大家玩一会儿再散,行不行？你先出去,我有话要跟她说!”

你不知道他这么一说我心里有多高兴。我暗暗祈祷着我的闺蜜赶紧出去,但祈祷没有应验。巴彦娜瞪着我逼问道:“可以了,可以了。想玩到什么时候？大家现在就散了吧。只要你同意,大家就散了。今天我很累,想睡觉,现在就想睡。你不困吗？我昨晚一直在这里忙,根本没来得及睡。你不会是想单独和一个男生待在这里吧？你怎么不知道累,不知道满足?”

我又紧张又害怕,张着嘴说不出话来。我本想回她一句,就是想不起来说什么好。当时我只想到了一句话:“今天你想要怎么样?”

巴彦娜开门把我往外推。我的双脚僵在那里不动,于是她又走到我和那个男生中间。没办法,我已没有了再看他一眼的勇气。

就这样,我抛弃本来可以促膝畅聊的机会,抛弃本来可以听到的表白,抛弃本来可以开始的一段恋情和近在咫尺的初吻,抛弃那个温暖的房间跑了出去。

尽管乌日图和她的仰慕者还意犹未尽，但是巴彦娜的举动彻底搅乱了一切，跨年活动就这样草草收尾了。刚刚还充满欢声笑语的房间像被施了魔法，有一个女孩来了个大反转。不到五分钟，其他人在惊吓和遗憾中纷纷散去，空荡荡的房间里就剩下了我们三个人。跨年活动散去时我们还没来得及畅聊。

二

第二天一大早他们来送我。四个男生来了三个，可是……我最盼望的那个男生却没来。

我们没说话，默默地朝火车站走去。我们好像被绳索捆着，行动变得笨拙，都不敢看彼此，只顾着默默地低头走路。我和巴岱相互瞪了一眼，就上了火车。闺蜜们把我带到列车的餐厅后便消失了。她们一定怕我责怪，反反复复地问个没完。

清晨，列车的餐厅里没有人。我脱去外套，觉得那里很冷，于是又拿起来披在身上，点了一杯热茶，坐在靠窗的位子上。我拿出来临走时闺蜜送我的巧克力圣诞老人，剥去包装，拽断他的头放进嘴里，竟然没吃出什么味道。我长长地叹了一口气，闭上眼睛回忆昨晚令人心痛的往事。

有一个问题让我很纠结：他为什么没来？其实他可以过来，再用他迷人的眼神看我一下，再跟我握手道别呀，为什么，为什么就不来呢？我越想越心痛。在此之前，我从未经历过这样的疼痛。原来初恋和巧克力都是苦涩的。

“他还不知道我的住址呢！”一想到这个，我更心疼。当时还没有手机，只邻居家有一部固定电话机。我真后悔当初没告诉他那个电话号码。我不想回忆无情而匆忙的离别，只能暗暗地骂自己。

“昨天的跨年活动不是我打断的，所以也没有理由生我的气呀。为什么，为什么不来送我？为什么？”一想到这些，眼泪就在我的眼眶里打转，我强忍着没有哭。

“难道一切都是假的？我们只是一时的好感，第二天他就想不起我的样子了？我没那么丑吧？难道他以为巴岱是我男朋友？”

我长长地叹了一口气，推走餐桌上的那碗茶站起来，马上又坐下了。别说去哪儿干什么了，我都不会伸胳膊迈腿了。巴岱没过来，我也不希望他来。他一来，我们准会大吵一架，没准我还会给他一巴掌。不过……不过我不明白闺蜜为什么要跟我翻脸。昨天巴彦娜为什么那么反常？看起来像是嫉妒引起的。可她为什么要嫉妒我呢？难道是巴岱指使巴彦娜那么干的？还是朋友们担心我走歪路才一起出谋划策，特派巴彦娜去执行？他们在担心我什么呢？

如果可以回到昨天，我愿意让那个男生抱我，甚至吻我。一想到这些，我激动得浑身颤抖，为不曾发生的事窃喜起来。我又想痛痛快快地哭一场。现在是上午十点多，周围非常安静，根本让人想不起来这是新年的第一天。窗外是茫茫的原野，我的手指被冻得冷冰冰的。

“为什么？为什么不来？虽然昨天的事是很无聊，可也应该过来说声再见吧，如果那样……我会给他一个最美的微笑。”

突然，列车餐厅的门被一股强大的力量撞开，敞得很大。他站在那里！

那个男生，脸庞消瘦的男生，我一见钟情、他对我也一见钟情的陌生的男生！

他站在那里上气不接下气，看来拼命地跑了很久。他的身子无法平静，羽绒服也敞着，围在脖子上的红色长围巾已拖地（几乎掉在地上），眼神里迂回着异样的光芒。他推门进来看到我一个人坐在列车的餐厅里，便和昨天一样愣在那里。

哦，我的天啊，我的心脏要跳出来了！我不敢相信自己的眼睛，真是又惊又喜，整个身子已不能动弹。可是虚荣心告诉我，不能让他看出我的喜悦。于是我皱起眉头，咬紧了牙关。我拼命地控制正在颤抖的身体，用犀利的目光看着他。唉，可怜的，这应该是一个女人应有的态度吗？在陌生人看来，我正在用孤傲、冷冰冰、不屑一顾的眼神俯视着他，还带着一副不屑的样子。其实……我的内心在那一瞬间早已化成了一摊水。尽管我对他的到来表现出了少有的冷漠，可泪水早已做好了流下来的准备。

他没有看到我冷酷无情的样子，或许也看到了，只是不喜欢我这样而已。他一看到我便报以温暖的微笑，放心地说道："我找你找得好苦！"他的声音很小，像在自言自语，不过这句话我听得清清楚楚。

然后我们进入对峙的幻境，傻傻地看着彼此。如果你老姐我当初有现在的经验、自信和经历，如果那时稍稍成熟一些……是啊，至今我都在想，我当时应该跑过去拥抱他，就这样伸出双手……紧紧地抱住他。当时的情况却不是这样的。我没有去抱他，也没站起来，就连动也没动。他也一样。我们都带着心中无限的惊喜和极度的不自信，试探着谁先迈出第一步，像两个惊慌失措的孩子似的看着对方。不知过了多久，反正那一次我和那个男生都没有逃避彼此的眼神。为了不让他看出我颤抖的身体，我坐在那里努力地克制着自己。

列车餐厅的门外开始有动静，陈旧的把手向下移动了一下。他的反应比我慢，回头看我时眼睛里藏着好多话，可他突然纵身从我身边跑过去，进了下一节车厢。

看着他的背影，我愣在那里。在跑出去之前他回头看我，很不自然地笑了一下。

不一会儿，门的把手再一次被拧动，从他跑进来的那扇门里进来两位穿制服的工作人员，慢慢地靠近我，让我出示火车票。这下我完全明白了：他没买票！

我不慌不忙地拿出火车票交给乘警看。等他们出去之后，我站起来开始慌慌张张地翻背包找东西。我拿出闺蜜刚刚作为新年礼物送我的俄罗斯粉饼，匆忙打开它精美的盒子第一次往脸上擦了粉。我发现自己没有口红。不知是因为激动还是因为高兴，我用口水弄湿嘴唇，用力咬住它，尽量让它看起来红润一些。我用手指梳理经过昨晚的折腾变得蓬松的头发,把它干干净净地扎起来时才发现自己的心跳得有多厉害。喜悦、紧张、害怕、激动和无比庞大的幸福汇聚成了一种特殊的颤抖,充满了我的眼睛、嘴巴和鼻子,还在往外冒着。我尽力控制住颤抖的身体,整理好衣服,规规矩矩地坐在那里等他的出现。我的内心已被某种东西填充得满满的。因为激动,我感到头晕。我连坐都坐不稳,眼看就要摔下去。我做深呼吸,为了使自己平静下来开始数数——一、二、三、四、五,深呼吸,平静下来,闭上眼睛……六、七、八、九、十、十一,深呼吸,闭上眼睛……

我艰难地熬过了二十分钟。

为了不被列车餐厅的工作人员赶出去,我又点了一杯红茶,紧紧地握住杯子,等着他进来一起喝。喝了这杯茶,我就没有钱再点餐了。他一进来就会坐在我的对面,用他那灼热的眼神看我。我不应该总是低着头,可又不敢直视他。如果假装一起喝茶,我们就都不会觉得尴尬了。列车开始加速时,我也变得飘飘欲飞,根本坐不稳。

时间又过了十分钟。

如果他进来,第一句我应该说什么?聊自己,还是聊他?如果像昨天那样看着彼此说不出话来该怎么办?不会笑场吧,那就太傻了。如果就那么看着彼此,应该赶紧找个话题,就无所顾忌地聊吧,一直聊下去……只是……如果这时候巴岱进来了怎么办?该怎么办?那么……直接把他轰出去吧。如果他故意磨叽,我就直接生气地跟他说:"麻烦请你回避一下,我们有话要聊。"如果他还不听话,就给他一巴掌!不过他也不会那么不识趣吧?我的朋友巴岱他……真是个傻瓜,还是个娘娘腔。算了,等回去之后好好教训他。如果他去家里找我,我一个月都不出去。不过他会想他的吉他吧。他抱着那些破相片来找我,我也不会理他。他要是孤独、无聊、没人陪他说话,就会向我投降吧?我就让他发誓,永远不要掺和我和那个男生的事。应该不成问题,他又不是我爸,又不是警察,或者……是我的保镖?我爸不会把我交给他了吧?

这么一想,我赌气地"哼"了一声。在一瞬间,巴岱就被我忘到了九霄云外。那个男生填满了我全部的心思，想起他我就徜徉在快乐和幸福里。我又拿出粉饼，在小镜子里仔细观察嘴唇和睫毛，整理一下座位，望着列车餐厅的门，希望他能从那扇门走进来。“巴岱你可别过来，别过来，最好晃悠一天再回来！”

时间过去了半个小时。

我目不转睛地盯着挂在列车餐厅门口的那座发黄的老式挂钟。他还是没有出现。时间过了整整一个小时、两个小时……三个小时也过去了。

他还是没有来。

时间带着我的恐惧在一点点流逝，我还在等待。车窗外的太阳藏到云朵后，世界开始变得昏暗时，我依然不肯死心，不过心理波动开始慢慢减少。我的心跳慢得连我自己都听不见，此时心里空荡荡的。我的眼泪已在眼眶内冻结，流不出来，全都流进了我的心里。随着难熬的时光一点点过去，我的身体像烟雾般在慢慢地消失，嘴里满是苦涩的味道。我开始头晕，身体像发了烧似的颤抖。我一天都没有吃东西，见到食物就恶心，最后饿得胃里开始翻江倒海。我带着疲惫的身躯，闭上双眼，用双手捂住了脸。

闺蜜早上为我准备了油炸肉饼，它的油已渗出紫色的纸袋，被拽去头的巧克力圣诞老人在餐桌上悲伤地打着滚。看到残破的圣诞老人，从那天起我就对巧克力失去了兴趣。

我一直在列车那间冰冷、空旷、带着回音的餐厅里独自等待着那位男生的出现，直到下车，也就是我到达自己的城市时，他还是没出现。我还是一动不动地坐在那里，那杯茶我一口都没喝。黄昏来临时，我依然盯着那杯加了糖的黑茶，盯着那杯颜色变得乌黑的茶水想哭。我憋了很久，最后才小声地哭了出来，哭声小到只有我自己听得见。最初的激动和喜悦变成了悔恨，我不敢相信这一切。在伤心中，一天就这么过去了。痛苦的一天，总是那么漫长。一整天我都在看着列车餐厅的那扇门和挂在门上的老式挂钟发呆，那个男生没来，巴岱也没来。直到下车，我也没碰见他们两个中的任何一个。

列车进站，旅客都已下了车，我还坐在列车餐厅里。我的身体像被钉住了，下半身都成了硬邦邦的石头。工作人员打扫完车厢内的卫生，一位身宽体胖的大姐打着哈欠穿过空空的车厢走过来，看到我吓了一跳，连骂带拽地让我下了车。我不知道自己是怎么站起来的，又怎么下了车，怎么摸着黑回了家。就这样，在那天，在第二天，在生命里的每一天，我再也没见过那个男生，哪怕只有一次……

讲完故事，吉嘎老姐笑了。这样平淡无奇的结局，着实让我有一些失望。

“你们真的没再见过面?”

“完全没有。”

“哎哟，真奇怪，真好笑……”

“是啊，你听着可能觉得很好笑，可我觉得很伤感。”

我意识到刚才有些唐突，赶紧清了一下嗓子说：“是的，伤感，这个故事的确伤感。”

姐姐怪怪地看了我一眼，把脸贴在车窗上。

“我说，那个男孩不会是被列车员抓走了吧?”想了一会儿我才这样问她。她满不在乎地点了点头。

“要是遇见你们班的巴岱，他俩还不大打出手?”

姐姐默默地坐了很久，突然大声笑起来。她没有回答我的问题。

“你们班那个家伙真是奇怪又自私。”说完我看着她，想听她把故事讲完。

她饶有兴致地看着我说：“其实巴岱喜欢我。这是我后来才知道的。他跟我讲过的那些情史，不过是一种掩护而已。他故意用这种方式接近我，做到让我惊奇又佩服，对他来说没那么难。他不过是想和我在一起。现在想来，他是个很有想法、非常谨慎的人。暗恋一个人那么长时间也不容易，是吧？一般小孩都想不到这些怪招，因为这样做需要更大的毅力。我现在想起来就特别心疼他。不过我们也有三十几年没见面了。”

“你没从巴岱那里打听过那个男生吗?”

“没有。我和巴岱还没聊过这些。自从那次跨年活动之后,我们的关系有了很大的转变。他过来拐弯抹角向我表白,我们的友谊就基本完了。我不敢和他走那么近;他也不敢面对我,一直在逃避。事情过了很久,他仍一直在我们家楼梯上等我。他同时失去了一个好朋友和一个喜欢的女孩。或许他早就料到这些了,所以一直在演唐璜[①]的角色。那时的我太孤傲,太不懂事,对他也太不温柔了。”

“你没从闺蜜那里打听那位男生?”

“也没有。巴彦娜性格古怪,乌日图被我伤了心。在很长一段时间内,我和两个闺蜜都失去了联系。过了新年,我的生活有了新的变化,选择了跟以往完全不同的生活道路。等我回去时,平时强硬的父亲一改往日的态度温和了许多。我也趁机告别了讨厌的幼师专业,搬到位于首都的叔叔家住,在新城市有了新朋友和新的梦想。没过多久,我就考上了大学。从此我的生活就像启动的汽车一样一直向前,把我带到了我期盼的世界里。我常常感谢上苍给了我如此美妙的生活。不过生活里没再出现让我一见钟情的人。虽然是一个短暂的夜晚,但那是我的初恋。关于一见钟情,我知道的太少……就这样……就这样一切都成了往事。说来不怕你笑话,我连他的全名都不知道。那天晚上朋友们只叫他的小名和简称,却给我留下了很深的印象。第一次握手时,他介绍过一次全名,不过当时的我非常羞涩和紧张,没把名字当个事儿。现在我总会回想起他的样子,经常回忆那天晚上,带着悲伤和喜悦走进回忆。”

“哎哟,那也太可惜了,连他的姓名也不知道?”

“是啊,你说怪不怪?不过我现在也能一眼就认出他,看一眼就能认出来。无论他在哪里的人潮人海中……只要看一眼我就能认出他。”

“就算没遇见,总听到过关于他的消息吧?”

---

① 唐璜:英国诗人拜伦长诗《唐璜》中的人物。

“消息倒是听到过。命运啊，真是捉弄人。那件事过了两年后，有一次我回家看望父母。当时我已是一名大学生，在暑假结束前回了一趟父母那里。在返校的前一天，我舍不得家乡和父母，像在等待什么似的站在阳台上伤感时，从楼下路过的一个女生看见我，就让我下去，说有话要跟我讲。她住在四单元，是个聪明伶俐、肤色发黄的姑娘。

我下楼时已是黄昏时分。我们就坐在楼下的长椅上聊。我和她从小一起长大，不过平时我们不怎么来往。这次与以往不一样，我们像大人一样，以好邻居的身份坐在一起亲切地聊天。她曾在我两个闺蜜就读的额尔登特职业学院读室内装潢专业，准备那年春天毕业之后去乌兰巴托，学工程师专业。我还没问她，她就滔滔不绝地向我讲述自己的故事，然后也让我讲。她突然收了话题，思忖片刻之后，以密谋者的身份给我讲了以下的故事。

“差点忘记了，去年秋天学校里来了一个男生，在打听你的下落。你认识追你闺蜜乌日图的那个高个子男生吗？估计他是全额尔登特最帅气的男生之一，这一点女生都知道。乌日图的朋友是个脾气古怪、性格孤傲、孤芳自赏、目光犀利的家伙。他不爱说话，平时看都不看我们一眼。有一次我正在上课时，他像个熟人一样把我叫出去，莫名其妙地问道：‘你是不是东戈壁省的？’听这口气，我好像犯了什么错似的。他问了我好多关于我们省的情况，简直就像在审犯人。我不知道他的用意，所以就老老实实地回答了他所有的问题。人在异乡真是没办法，总得给他们一点面子。再说，我也不能和一个男生吵起来呀。接着他就问你的名字，我才放了心，说我们是邻居。他眯了一下眼睛就不说话了。他非常紧张，又饶有兴致地让我讲关于你的事。其实我想早点结束那次谈话……”

听到这个消息，我无比激动。当时时间已经过了两年，我已开始和另一个男生约会。不过听到这些我的确很激动，幸福感笼罩了我的全身。我克制住自己，谨慎地问道：“关于我，你跟他说了些什么？”

“能说什么呢？我说你是个很文静的人，对谁都非常礼貌。我就说你是个好姑娘。”

“难道我是个坏女孩吗?”

“你当然不是。我也不是那个意思。你一直都很可爱,很文静。咱俩都是女生,不过你是我的榜样,就连发型我都学你的。对了,你知道咱们小区里的松布尔喜欢你吗?”

“是吗? 真是的,那个可怕的松布尔吗? 就那个喜欢虐待猫狗的松布尔? 真奇怪,难道他也会爱上一个女孩?”说完我摊开双手表示有点不理解。

“何止喜欢,还喜欢了很多年呢。”

“是吗……真可怕,他是个动物虐待狂啊。是我无意间看到的,真是可怕,呸呸呸……”

看到我紧张的样子,我的邻居笑了。看到她的笑容,我多年前无意间看到的一幕和小狗恐惧的眼神在脑海中渐渐消失,两年前那个令人难忘、无比奇特的跨年活动再一次浮现在我的脑海里。我叹了口气,为了不再回忆赶紧摇了摇头说:“真奇怪。一想到松布尔也能对一个女生好,我就觉得不可思议。那他为什么要偏偏对我好呢? 难道他不知道我养狗? 我还以为他不仅讨厌猫狗,连它们的主人都讨厌呢。不过跟我也没什么关系了。”

“他的继父经常打他,所以他才向小动物发泄。他原本是个好孩子,现在更帅气了。”

“哦,是吗? 那……你对那个额尔登特市孤傲的家伙还说了什么?”

“能说什么呢,他一直对你很好奇。我本想好好给他讲,可我不了解你。我只知道你住在一单元的三楼。我说你很宅,性格有一点内向,喜欢跳舞,养狗,经常穿一条红裙子。我说松布尔喜欢你,你们班有个男生爱来你家玩……对了,我还看到有一次你和男生一起踢足球……这我也告诉他了。”

“喂,我只踢过一两次而已。我们班男生缺人……来求我……你可真能胡说!”

“怎么了？女生踢球很可爱啊，他听了还笑了呢。”

“笑了？真的吗？别的……他还说什么了？”

“说你的时候他就安安静静地听着。他还像老头似的大声地叹气，尾音拖得特别长。我有点心疼他，他真心对你好。你们是怎么认识的？”

“哦，大概在两年前，我去了一趟额尔登特市。乌日图和巴彦娜叫我过去。然后……我们只见过一次。说是见，只是偶遇而已。”

“就一次？”

“嗯。”

“是吧。你没给他留地址吗？他还问我你的地址呢。没来找过你吗？他让我在纸上画了你家的地址。”

“是吗？你画对了吧？”

“当然。只是你为什么没给他留个地址？他是个性格孤傲、自我感觉特别良好的家伙。”

“当时我没来得及给他。”

她听出了我话语中的感伤，看着我说：“是吗？他为什么不从你闺蜜那里要你的地址？”

我没有回答她。她认认真真地看着我，在等待我的答案，突然又明白了什么，摇摇头说：“本来可以聊很多，不过没一会儿就下了课，乌日图和巴彦娜从隔壁班出来了。他一见到她们就脸色大变，话没说完就走了。下楼时他让我向你问好。对，他说三天后要去德国读书。他走不走跟我没关系，估计是让我说给你听。我听说你的闺蜜巴彦娜喜欢他，是吗？”

这就是我和我的邻居女生聊天的内容。

听到最后一句，我像挨了一记重重的耳光。我决定要给那段什么都没有发生，却给我留下深刻印象的记忆画上句号。那次跨年活动给我留下了人生中最美好、最温暖、最激动人心的记忆，那天我也伤了巴彦娜、乌日图的心，我决定将这些全都忘掉。我那么做，只不过在骗自己而已。随着岁月的流逝，我年少时的大部分记忆都已渐渐远去，童年的那些伙伴也渐渐淡出了我的记忆，那个陌生的男生在我心里却越来越清晰。我没有找到答案的那些问题时时刻刻折磨着我，还常常在我的梦里出现，成了我生活中不可告人的秘密。想起那天晚上，我现在都会非常激动。因为不够了解我的两个闺蜜，我才做出了这样的事情。如果知道事情的来龙去脉，我想我会退缩。我那段闪着光芒的、一见钟情的初恋给我的两个闺蜜带去了伤害。我和那个男生虽然彼此相爱，最后还是天各一方。

“那个男生为什么没来找您？”

“估计他轻信了别人说的谎言吧，说我喜欢别人，或者喜欢和男生一起玩。说个谎，还能缺少理由吗？两年之后，也就是在他出国之前我去我的邻居那里，才知道为时已晚。或许他来过我们省，在我的窗外站了很长时间也不一定呢。说不定我那时候早就有了新的男朋友。或许他来找过我，但是没找到吧。或者我去首都后他才来找我，为此彻底灰了心。或者他生了一场大病，抑或……”

老姐这么说完，望着窗外沉浸在她的心事里。

我的心也变得跟吉嘎姐一样沉重，伤感地望着窗外变换的景色。我仿佛能看到那个男生在火车站乱撞的身影；想象着他爬上最后一节车厢往里跳；那位十七岁的男生为了能找到自己心爱的姑娘奋力奔跑着穿过一节节车厢；当他带着充满回忆的那个晚上，看不清前方来回乱撞时就注定了他们永远无法再相见！在列车餐厅里独自等待的女生看到他时如何激动，如何沉浸在无限的快乐里；男生被列车员抓到，被赶到站台上，流着泪跟着列车奔跑……

“真可惜，这到底是谁的错？”在不知不觉中我冒出了这么一句，开始轻轻抽泣。

“我们都没有错。巴岱、巴彦娜、那个男生，还有我，都没有错。十七岁……当时我们都十七岁啊。不是十岁，也不是二十岁，是十七岁。当时我们都未成人。我们明白一切，接受一切，却也会永远地失去一切。我们可以做任何事，也做不好什么事……”

姐姐用我无法猜透的眼神看着我。

我忍不住想了一下那个男生现在会在哪里,身在何处,成了什么样的男子?如果遇见她会怎样?依然在怀念她,还是早已忘记?和这位姐姐一样还会经常梦到对方吗?想到这些,我觉得冥冥之中的一切都很特别。吉嘎姐望着窗外,这个样子也许和分别的那天一模一样。是啊,那年她十七岁,容易心动,带着羞涩,心里有无数个小秘密。

“如果您现在遇见他,想跟他说什么?”

我突然就冒出了这么一句,其实从未想过要问她。

仿佛那个男生已出现在她的眼前,她抬起头看着我,眼睛突然亮了起来,然后幸福地笑了。她站起来坐到我身边,毫不犹豫地说:“我只想问他一个问题。”

“什么问题?”

“你没遭什么噩运,没受伤吧?”

二十五岁

到了莫斯科,我们像亲人一样相拥着道别。在这五天里,我们像过了五年,成了彼此的老朋友。望着她优雅的背影,我突然大声地喊住了她。她停了下来。我扔下行李跑过去。

“吉嘎姐,我忘了问你一件事。”

“什么?”

“你的第二个遗憾,那个二十五岁!你不是说如果时光可以倒流,有两个遗憾要弥补吗?另一个遗憾是什么?”

听我这么说,她的紧张感渐渐消失,把我的头发理到我的耳后,睁大眼睛久久地看着我。

“哦,二十五岁吗?那年我大学毕业,拥有了自己的第一份工作,拿了我第一份薪水。我有了自己的住所,成了一位成熟而自由的女人。二十五岁从来就没有那么简单,它是人生中最波折的年龄,而我在那一年把握住了生活的一切。我有了工作,衣食无忧之后决定嫁给那个追了我四年的男人。这是我生活中关键的一步,也是最正确的一步。我们结婚了,然后你老姐我就成了最幸福的人。我们婚后的日子蒸蒸日上,我的爱人是每一个女人都期待的那种男人,回国之后我介绍给你认识。

“结婚很多年之后,有一天晚上我发高烧,不停地做梦。梦醒之后翻来覆去睡不着。结婚前我本想去一个地方,竟然没有去成,真遗憾。我也觉得,正当要举行婚礼的时候不能突然消失。听了我的这个想法,姐姐劈头盖脸地数落我,还给未婚夫打电话,他也不赞成,所以我就没去成。自从那次噩梦之后,这个遗憾就一直跟随着我。如果你打个响指,用魔力棒点一下,给我一天时间让我回到青春岁月,我就一定会去一趟那里。这样我就没有遗憾了。”

“您的想法真奇怪,您想去哪里？那里藏着您的遗憾？世界上有那么神奇的地方吗？巴黎、夏威夷还是威尼斯？”

吉嘎姐笑出了眼泪。她把双手搭在我的肩上,紧紧地抱着我的脖子,在我耳边悄悄说了这么一句话:

“额尔登特!”

2014.4.19

预　感

他一醒来就有好预感。他在床上轻轻地翻了个身，看到了窗外湛蓝的天空。昨夜的雨冲刷了万物，现在一切都是崭新的。昨天的乌云现在成了洁白的云朵，远处延绵的博格达山①上缭绕着云雾……摇曳的树枝也一改昨日的灰白色，变成了闪闪发亮的嫩绿色。陶德慢慢地下了床，拖着腿朝阳台走去。

他在病床上躺了四个月，今天终于见到了春天。他在九楼的阳台上站了二十来分钟，用爱恋的眼神看着自己居住的这座小城。马路上穿梭的小汽车都换成新的了，真叫人惊喜！马路、房屋、儿童游乐场、还没长出花草的草坪、许许多多的铁梯子、弯弯曲曲的巷子、城市里每一个角落、画在白色楼房墙壁上的涂鸦全都改了旧貌。真新奇！就连如今在城市里很少见得到并刚刚落在阳台上的一群鸽子也是新的。"真是个好天气！"陶德闭上眼睛，倾听着来自内心的声音。他的心情比周围的一切都要新，是崭新崭新的。"病痛的折磨要在今天结束了吗？真舒服，真美好！出去转转吧，还要在病床上躺多久！"

他舒舒服服地喝了早茶，走到阳台上看了一会儿，等大挂钟里的木头小鸟探出头来鸣了十下，戴上鸭舌帽走出了房间。他虽然有些疲惫，

① 博格达山：位于蒙古国首都乌兰巴托南图拉河畔，这里也是蒙古国的国家公园。

脸上依然挂着笑容,不知道这样的好心情来自久病之后的第一次散步,还是因为第一次出来散步就遇到了生机盎然的春天。

走出单元门之后,他站着吸了一根烟,发现不知道自己可以去哪儿,就索性往前走。他的腿不疼了,这让他很高兴。“走到那里吧……”他一次次修改目标,走到了离家较远的地方。他的腿好像没事了。今天他跟正常人一样,走起路来没怎么吃力。他有意控制自己,小心地往前挪步,一直没停下来。每走一步,他都微微出汗,汗水给他带来了力量。“再往前挪一点……走到平房那里。”他一使劲就觉得浑身轻松,告别了疼痛、纠结、失望等种种坏情绪,头脑也清醒了很多。陶德诚心诚意地跟每一个路人点头微笑表示感谢。看到他苍白的脸和真诚的微笑,大家都不约而同地报以微笑,还回头看他。大家的支持给了他莫大的温暖,他对自己说:“长期卧床不起的人,有谁能像我一样走起路来这么潇洒?”他受到了鼓舞,一步一步地往前挪动,总觉得今天会有好事等着他。

是啊,今天应该能碰上什么好事。他一口气走过连排着的九座房子才停下来休息。他摘了帽子,用它擦了擦汗。他感到口渴,翻了翻衣兜,才发现钱包在家呢。如果现在回去取,已经太晚了,为了一瓶饮料回去,也不值得。今天天气可真好。天气这么好,当然让病人觉得自己在好转。他被车撞伤,左腿骨折,石膏都打到了膝盖以上。刚开始他非常烦躁,觉得下半辈子都会在病床上度过。他觉得度日如年,自己已被全世界抛弃。他恨那个让他躺到病床上的司机,可是拿他一点办法都没有。他转了好几家医院,给出的诊断结果几乎都让他寒心。虽然有几家医院给出的结果好一些,但他也没能逃脱因病卧床的命运,至今还没来得及去法院。谁也不会想到一个健健康康的人走在路上会被撞成这样。同事们说,在交警的肇事报告里酒驾肇事的司机反倒成了好人,他则被认定为喝酒违规。他曾无数次说过什么是不公平,可自己遇到时还是觉得万分无奈。一切就这样完了。

陶德全部的工资已用来支付医药费。刚住院时,他的亲戚朋友还围着他嘘寒问暖,后来他们可能觉得这样有些无聊,也可能觉得自己已尽到了责任就全都消失了。只有他的妹妹还在照顾他，每天早上六点就跑过来准备当天的伙食，到晚上隔壁床的女病友帮着他收拾，给他准备一份简单的晚餐。过了一个月，他觉得病成这样和死人没什么区别。

年轻就是不一样，好多事都能熬过去。住院的第一个月里，陶德每天都感到憋闷，险些疯掉。到了第二个月，他就逐渐适应了环境，流着汗按照医嘱学习走路，不顾形象地在病房里爬来爬去。他靠阅读、看电视和记笔记来打发时间。后来，他完全适应了这里的环境，如果没有医药费，他倒希望可以一直这么待下去。可现实毕竟是骨感的，他刚刚适应医院的环境，医药费就来纠缠他，这些成了他的心病。以前他经常跟朋友煲电话粥，后来为了节省话费就不再主动打了，而是耐心地等待电话铃声响起。他现在的收入勉强能维持自己的生活，至于还在读大学的弟弟，现在已经爱莫能助了。他给单位写借条，预支了三个月的工资。为了节省医疗费，弟弟做了详细的计划，钱最后都用在昂贵的美国药物上。陶德努力让自己早些出院，不过这次伤的并非皮肉而是骨头，所以只能慢慢熬。

不管怎么样，现在已经过了四个月，他能站起来了。寒冷也已渐渐远去，让穷人倍感温暖的春天来了。寒冬也带走了他的病痛，他迎来了温暖的春天和信心满满的未来。在一周前，陶德请医生拆了石膏，看到自己那条皮包骨头、颜色发青的腿，难过了整整两天。从第三天开始，他慢慢练习走路，流着汗水试了一整天。接下来他练习像正常人一样不扶东西走，过了一段时间，病情果然有了转机。所以今天……

有一种隐性的力量让他从睡梦中醒来，在这种美好预感的牵引下，他竟然不用拐杖，不用扶任何东西就走出了这么远。

他注意到熙熙攘攘的人群中有一个七岁左右，把蓬松的头发染成粉色的嘴里含着棒棒糖的男孩，手插着裤兜朝他走了过来。陶德对男孩微笑一下，也想停下来歇歇脚。男孩不时地从嘴里抽出棒棒糖吐出一口唾沫，慢慢地走到他身边，来来回回地打量着他不走了。男孩抽出棒棒糖，用力吐了一口唾沫，天真地问道："您住在我们小区吗？"

“你住几号楼?”

“五十七。”

“哦,是吧。你是我们小区的首长吗? 叫什么名字?”

“巴雅尔芒乃。”

“这是要去哪儿?”

“去一趟乌兰便利店。”

“乌兰便利店?”

“是的。”

“在哪儿?”

“在那儿。”

他顺着孩子的手指看到一座绿色的房子,大门上歪歪扭扭地写着“乌兰便利店”几个字。

“这家便利店的名字有点怪。”说完这句话,陶德笑了。

“不奇怪啊,是乌兰呼哥哥开的。”

孩子说完又把棒棒糖塞进嘴里嘬了几下,小大人似的问道:“您的腿好了吗?”

“你怎么知道我的腿折了?”

“当然知道了,我奶奶也知道。那辆路虎撞您时,我和奶奶就在附近啊。”

发生车祸的地方不是小区附近,而在单位的停车场那里啊,真奇怪!

“你们去那么远的地方做什么?”

“我奶奶在那里工作。”

“你奶奶在哪里工作?”

“跟您一个单位。”

“你奶奶叫什么?”

“苏荣老太婆。”

陶德大笑起来。“老太婆,他怎么这么称呼自己的奶奶。”看到他笑,男孩皱起眉头表示不悦。

“你怎么说奶奶是老太婆？你知道这句话是……”

“她本来就是老太婆。”

“你知道老太婆指什么人吗？”

“知道。”

“好吧。那苏荣老太婆在单位里是做什么的？”

“您不知道吗？”

“不知道啊，或许大哥哥看一眼才能认出你奶奶，才能知道她是干什么的。”

“她是伊拉特广场的保洁员。”

陶德费劲脑汁地想，也没想起来有这么一位广场保洁员。五年来，他一天至少路过两次广场，有时路过三次。

“是我奶奶看到那辆路虎的车牌号，她让我记下来，我们一起去报的警。您突然就被撞倒了，大夫也是我们给叫的。”

陶德想起来了。到现在他也不知道是谁把自己送到了医院。他突然觉得眼前的这个小男孩漂亮，便蹲下去叫他过来。男孩双手插着裤兜走过来了。他欠一下身，握住孩子起皴的双手抱住了他。他紧紧地抱住孩子，吻了他很久没洗的脸。孩子刚开始还有点害怕，挣扎着向后退，当被吻过之后就不挣扎了。

“我要给你些报酬……等我有钱的时候。用不了多久我就发工资了。然后给你……也给你奶奶报酬。如果你俩没让我住院，我还不知道自己现在在哪儿呢，所以一定得酬谢。”

男孩听了非常高兴，眼睛一下子亮了。

“就在您出车祸的那天，老师说我没及格，让我叫奶奶过去。见完老师，奶奶就把我带到她工作的地方。奶奶没做完手头的活儿，所以我过去帮忙。其实我的成绩还不错，只是数学没及格。奶奶说，只有一科成绩不好的话算不得坏学生。上个季度我的数学成绩就没那么糟了。只是语文……”

“怎么？没及格吗？”

“对,只有那么一科。”

“奶奶骂你了吗?”

“奶奶倒没骂,但是爸爸揍我了。”

“这么好的孩子他也揍?”

“因为没及格啊。”

“我教你语文?”

“不用了,大哥哥。这个季度我的成绩会好起来的。您得想着让自己尽快好起来。”

看到这么乖巧的孩子他很开心,用手抚摸着他粉色的头发。

“去我家吧,我送你一些书,都是故事书,不要钱,你尽管拿去。等我发了工资……”

陶德说不下去了。他突然想起,还有三个月才可以领工资。

“那个撞你的哥哥给了你很多钱吗?”

“没有,一分钱都还没给呢。”

男孩看着他。

“好了,孩子,你先回家吧。本来我可以去便利店给你买糖果吃,出来时忘带钱包了。”

“我去给你取回来?”

陶德大笑起来。他发现自己这次有点对不住孩子。

他小声地说:“孩子,估计你不会开我家的门,那门锁有点怪。好了,日后我得去见见你奶奶,你家的门牌号是?”

“我家的? 269……大哥哥,您趁我在家的时候去吧。我每天中午十二点放学。如果我不在,奶奶会把客人给我的巧克力都藏起来,然后悄悄地拿到乌兰便利店卖掉。”

陶德点点头,还发了誓。男孩带着期盼的眼神频频回头看他,含着棒棒糖走了。

看着男孩的背影,他真后悔今天出门时没带钱包。不过就算男孩帮他把钱包取来了,也没钱让小首长高兴一下。他无奈地叹了口气。不过他很快恢复了平静，朝乌兰便利店走去。他很奇怪自己为什么没注意到这条弯弯曲曲的小路。我一直过得都这么马马虎虎吗？不过小男孩记得他呀。

陶德走在这条小路上，突然预感到有好事在等他。他焦急地加快脚步，一路小跑似的进了便利店。

乌兰便利店是一家涂了绿色油漆，前面有一扇铁大门，窗户从外面被封住的小便利店。他越往里走，店里就越暗，不过那里每天都有不少人。从外头看起来不起眼的一个小屋子，里面竟然什么商品都不缺。陶德不知不觉地走到卖烟草的角落。这里的香烟品种齐全，价格不一。看到“议会”牌香烟，他忍不住摸了摸口袋，知道今天出来没带钱。他翻弄着口袋，最后无奈地低着头大声地叹了口气，转身准备走。

“小伙子，喂，小伙子！”

陶德转过身去，卖货的中年妇女在叫他。陶德不认识她，继续朝门口走。

“喂，喂，弟弟，帮我叫住戴鸭舌帽的那位！”

站在门口的小伙子看了陶德一眼，好像他买东西没付钱似的横在他前面，满脸怀疑地大声说道：“你没听见她在叫你吗？”陶德走过去，她给了他一个温暖的微笑。

“你的腿好了？”

陶德不敢相信自己的耳朵。

“什么？”

“孩子，你的腿好了吗？是苏荣老太婆告诉我的。醉驾的司机给你赔偿没？”

真奇怪！怎么谁都知道了。他们的住处隔着整整九座房子呢。这苏荣老太婆真能传话。

“嗯，我的腿好了，现在好了。”

“他付你医疗费、药剂费没？”

“还没有，我什么补偿都没得到呢。”陶德压低了声音说。

“对,对。去年我家那位也差点被一辆吉普车撞死,躺了整整半年,榨干了家里的所有积蓄。为了能让他站起来,我们花了多少钱呀,不过醉驾肇事的司机也没赔我们,还说是我家那位喝醉之后被车撞的。”

“真是的,他们也说我当时喝醉了……”

“肯定是,肯定是,没钱的人永远醉着,有钱的人永远清醒,现在的世道都这样了。不过我认识一个很好的女律师,要不把她的电话号码给你?我住你隔壁单元的六楼。我们住在一栋楼里还不认识彼此……不过你们年轻人肯定不关注我们这些老家伙。每天大清早我来便利店时,你总走在我前面。冬天天还没亮时,一个人走路真心害怕,我身上还带着几个钱,让人抢了怎么办?如果那样,我这样的老家伙就只有死路一条。所以我每天出门之前就从窗户看你出来没有……我就在你后面走,让你给我当个伴儿。你路过这里向前走了,我就进来了。苏荣老太婆住在我们楼下。我跟我老伴儿说你是我的免费保镖。照顾一个长期不能下床的人太难了。那些天老伴儿睡觉之后我一个人去上货,便利店里的所有东西都是我背回来的。你看这儿有多少东西!如果没开便利店,我们根本过不下去。我白天站在这里卖东西,晚上回去照顾老伴儿。你是年轻人,三四个月就好了;我的老伴儿躺了六七个月,那一年他都拄拐杖。你看你多好,都告别拐杖了。”

陶德不知道该说什么好,只想吸口烟。他的眼神绕过中年女人,盯着货架上的“议会”牌香烟。售货员看到他的样子,拿了一整盒香烟给他。

“弟弟,给。等你有了钱再结账,长期躺在床上多难受。大家都说这烟不错,你抽抽看。”说着她直接把烟塞到他手里。

陶德觉得不好意思,不过还是没有拒绝她的好意。他颤抖着手,打开包装抽出一根香烟时,站在他旁边的男人给他递了打火机。那是一位四十岁左右、满脸横肉的男人,不过他现在正满脸微笑地看着陶德。

“今天是什么良辰吉日!”

他跟女老板说了几句感谢的话,然后说:“等我有了钱,我一定过来结账。”这句话他说了六七遍才走出便利店。他站在便利店附近，一连抽了好几根烟，这会儿他心里很平静，感觉很幸福。他抽完烟继续往前走。

“苏荣老太婆、巴雅尔芒乃、乌兰便利店的女老板……”

陶德在嘴里不停地重复着这三个人的名字。等他有了钱就买个礼物让他们高兴一下。他后悔自己没带钱，又像真给他们买了礼物似的高兴起来。

走累了他便到便利店西北边的长椅上坐下来。广场保洁员、似曾熟悉的小男孩、富有生活氛围的超市和早就认识他的热心女老板……陶德想着这三个人给予的温暖，不知不觉就低头陷入了沉思。

突然，他用余光看到一个黑色的东西。仔细一看，地上躺着一个老式钱包！

陶德不敢相信自己的眼睛，麻利地俯身捡起来。他的手虽然没抖，可心里已经炸开了锅。那是一个浸透着主人汗水和时光味道的老式皮钱包。

虽然它看起来鼓鼓的，陶德还是不相信钱包里有很多钱。他正犹豫着要不要打开。

钱包内胡乱塞着十几张各式各样的卡、驾驶证和住院、付费的各种票据。那十来张卡里，只有一张是银行卡，其余的都是商场和各种服务机构的打折卡。从驾照上的相片来看，失主是一位四十五岁至五十岁左右的壮汉。

“可怜的，丢了钱包该有多着急！”陶德这么想着，仔细端详相片上那位满脸痣的男人，他有些谢顶，眼睛很大。钱包里的现金连一万图格里克都不到，这让他有些失望。钱包里有两张一千图格里克、一张五百图格里克和三张皱皱巴巴的五十图格里克。他把钱揣进衣兜，觉得好运才刚刚开始，这一天他肯定能交上好运。

“如果一直走下去，也许能捡到更值钱的东西吧？非常值钱的东西……”

他从长椅上站起来，大声说道：“这种预感一定传递着某种信息，我的苍天啊!”他平时不怎么相信这些,今天则像换了一个人。

“在九座房子之外遇见隔壁单元的男孩,他还是在关键时刻救过我一命的恩人;向前走了几步,在狭小的便利店里,从未说过话,不曾谋面的老板娘给了一盒香烟;又走了几步,在长椅下捡了个钱包。这一切有点蹊跷啊。虽然钱包里的钱不多,如果我把它送给失主,他至少会拿出两万图格里克酬谢我,驾照至少值三千图格里克,这些钱我能花十来天。说不定失主会给五万图格里克。在家里窝了四个月,一出门就见到这些人,遇到了这么好的事,这是一种吉祥的预兆啊!”

陶德从长椅上站起来,紧紧攥住给他带来幸运的黑色钱包继续往前走。

一切都有了新的变化,他开始低着头走路,还觉得应该往人多的大巷子走,于是朝百货大楼的方向走去。

他走在熙熙攘攘的人群中,与人们擦肩而过,有的会说一声对不起,好多人都不说一句话。不过这并没有使他反感,他的心情现在非常愉快。他们都是大忙人啊,有事要忙,有家可以回的人多么幸福! 陶德低着头向前走着。

他有预感,今天还可以捡个什么东西,而且还是大东西! 他能捡,一定能捡得到,这会是他的大收获。那也许是匆忙行走的妇女的镶着钻的项链,也许是某个有钱人不小心弄丢的一百美元……今天一定能捡个东西。他预感越来越清晰,今天一定会有收获。

他没有了早晨的微笑,开始皱着眉头弓着身子往前走。走在路上,他暂时忘掉了腿疾、车祸、伤痛、没有意义的散步以及离家越来越远的事实。他只顾着低头找东西,忘记了太长时间的步行会让他的腿疾复发的可能,也忘记了躺在病床上的四个月里想要一饱眼福的风景。

昨天下过雨,今天路面已经干了,人们穿着各式各样的鞋伴着纸屑和灰尘匆忙地行走在路上。那些被撞到的人在谩骂他,可他不在乎,被一种无形的预感牵引着继续走。他偶尔也会从帽舌底下往前看,不过更多的时候都咬着嘴唇低头走路。他的浑身开始发热,他觉得这样很舒服。

他走到了百货大楼门口。进去吗？这里才可以有收获。他犹豫了一下，开始往回走。走了几步，他又转向百货大楼，没进去，只从旁边走了。

他不知道自己为什么要这样，不过没有停下脚步。现在他的腿也不疼了，病没好也没关系，今天的收获可以让他坐享几个月的安逸。他怀着强烈的愿望祈祷有人丢钱。有人丢了装着百万图格里克的钱包，或者哪个姐姐丢了崭新的金耳环，或者某个健忘的人丢了写着密码、里面全是钱的银行卡，那该多好。就算捡了这样的银行卡，陶德也不会把钱一次都取出来。他现在需要操心的是眼前，不是未来。

他被突然冒出来的预感牵引着往前走，虽然走得急，但还不忘仔细观察周围。他从未遇到这么好的日子。他今天认识了熟悉而陌生的人，从便利店免费得到了一盒香烟，刚刚还捡了个钱包……现在他被捡东西的巨大欲望牵着鼻子，像狗一样往前走着。要怎么说呢？这就是人性，这就是人的盲目自信。

巷子里的大钟敲了几下，现在已经接近中午了。他累了，走到半圆形花池边坐下来休息。他又饥又渴，不过还是不想回去。拿出香烟连抽了两根，站了起来。他的腿已经不像刚才那样听使唤了，走路时腿开始微微有些瘸。不过现在他没时间注意这些。

他在巷子里来来回回地走了小半天。他腿疼时就坐下来休息，歇够了继续走。如果现在就回家，陶德只能打车。

女人们穿着春装丝袜在他的面前穿梭着。他发现，通过腿能发现好多事。无论男女，脚上的靴子和走路的姿势暴露了一个人的性格。陶德的皮鞋几乎是新的，可要是年轻人穿着它上街，准显得很土。他是公务员，不买廉价的衣服，平时还觉得自己的品位不错，不过今天有点嫌弃自己。

太阳开始偏西时，他丝毫没有表现出退缩的意思。坐下来休息时，他仔细观察周围的人群。陶德左看右看，又看到了百货大楼。他慢慢地站起来,朝那里走去,是他的预感牵引着他。

走进百货大楼时已过了下午五点,下班之后来逛商场的男男女女将这里填满了。陶德这次朝女装专柜走去。那些男人又有钱又爱老婆,买昂贵的衣服和首饰时毫不犹豫。他也不为此苦恼,总有一天他会带着老婆在这一层的专区里逛,走路时高傲地抬起头。他觉得有些伤感,想赶紧走。西边那个角落里有一间试衣间,他在镜子里看到了自己憔悴的样子。他走过去,想趁没人仔细看一下自己瘦成了什么样子。他摘了鸭舌帽,看着很久没理的头发,慢慢地靠近镜子。

如饥似渴的陶德突然看到了什么,站在那里不敢动,呼吸变得很急促。女试衣间的地上躺着一个鼓鼓的绿色钱包!他的心险些跳了出来,他警惕地环顾四周,冲进试衣间。他把试衣间的门关上,用惊恐而激动的眼神看着地上的钱包。

是个鳄鱼皮的绿色大钱包,里面鼓鼓的,肯定有不少钱。他感谢指引着他到这里的预感,情不自禁地祈祷起来。小时候奶奶教过他几句藏语。直到现在,他都没用过那些藏语。卧病住院时他也没想起来的那几句藏语,现在却浮现在他的脑海里了。他感到头昏眼花,险些摔倒在地上,只好扶着镜子休息了一会儿。他逼着自己赶快清醒,一把抓住地上的钱包,并不急着打开,而是急匆匆往门口走。

“我就知道我今天肯定会有收获,肯定有,肯定有……”

他暗暗说道,咬着牙找下去的楼梯。他冒出了一身冷汗。

他刚到楼梯那里就看到一位五十多岁的女人拽着年轻警察的手,像个孩子似的又哭又闹。她喋喋不休地说着,满是红血丝的眼睛流着泪。他们慢慢地走到了陶德身边。

“那是我女儿结婚用的钱,明天她就要结婚了。我只有这么一个女儿,怎么办,怎么办……我现在该怎么办?”

陶德站住了。中年女人惊慌失措地看着周围,疯狂地跑过去拽住商场售货员的手,绝望地说:“请你帮帮我。”

“原来这钱包是她的!”陶德长长地叹了一口气。如果他赶快离开这里就神不知鬼不觉了。

“姐!”

陶德不敢相信自己,不过这声音的确是他的! 他的声音听起来扁平而沙哑。

“您丢了钱包?”

所有的目光都转向他。女人愣了一下,用她这个年龄的女人不会有的速度像一只小老虎似的跳到他的身边。

“是一个绿色的鳄鱼皮钱包。里面装着我女儿的彩礼钱……那是我的全部积蓄……全部……绿色的……”

“对对,是绿色的!”陶德微笑着附和道。警察也过来了,商场里的人都围了过来。

“您捡到钱包了吗? 捡到了是吧?”警察自信地问道。

“是的。”陶德说。他微笑着,不急着拿出钱包来。百货大楼的二楼变得静悄悄的。陶德看着她,她也瞪着他。

有人咳嗽了一声,把陶德拽到了现实世界。他把手伸进衣兜,拿出钱包给她。其实他很后悔,不过脸上依然带着微笑。女人一看就明白了,朝他笑着。陶德发现自己拿出来的是上午捡到的那个钱包。他傻笑了一下说:“这是我上午捡到的钱包,是从巷子里捡的。这个……这个是您的。”说着从右边的衣兜里拿出鳄鱼皮钱包,还给那位女士。女人像老鹰捉到小鸡似的把钱包抢回去,马上拉开检查里面的东西。人们都惊叫起来。

钱包里是厚厚的一沓绿色大钞,至少有三四千美元。服务员和警察投来了羡慕的目光。此时陶德只觉得眼前发黑。

“一、二、三……”女人用唾沫蘸湿食指,大声地数完钱才放心地向大家宣布:“一分都不少!”

在大家的唏嘘声中,陶德无精打采地转过身去。

“应该给这位年轻人一些报酬!”一位售货员用响亮的声音说道。

“对,对,拿出十分之一给他!”周围的人开始起哄。

“不要十分之一，给一百美元总是应该的吧。”一个中年男人插嘴道。陶德转过来，依然保持着微笑。他自己也不知道为什么还转过来。

“这可是我的全部积蓄。我只有一个女儿，明天她就要结婚了。如果给了他十分之一，我们怎么购置卧室的家具？钱就不够用了……”女人用颤抖的声音说。

“那没有失而复得呢？”有人开始讨厌她。

“是啊，至少应该给他一百美元，给吧！”人们喊道。

大家这么一喊，陶德突然觉得不好意思了。他觉得自己现在很像那个吃着棒棒糖、肚子鼓鼓的小男孩。那个叫巴雅尔芒乃的小男孩期待的表情就是这样的。他有些尴尬地说：“不用给我报酬，我是从女试衣间的地上捡的……”说完他觉得这句话一点用都没有。“我怎么去了女试衣间？”他觉得脸在发烫。他赶紧转身一瘸一拐地走向楼梯。现在他的腿疼得厉害，他暗暗地骂自己：“这一天我都在干什么呀！”

大家安静下来，看着这位谦和、善良的男人，纷纷指责那位中年妇女。听到这些陶德便挺起身子抬起头，努力让自己走路时像个正常人。他觉得心里舒坦极了，刚刚做了一件大好事啊！“是条汉子！”他在心里这样夸自己，甚至想哼一首歌。售货员崇拜的目光让他有些不好意思。当他走到楼梯最后一个台阶时，有一句话让他彻底寒了心。

“他是小偷！钱包根本不是捡的。他就是小偷！我没进过试衣间，只是在看家具。你们想想，有谁会弄丢自己里面装着四千六百美元的钱包！我攥得紧紧的。对，我把钱包放在风衣的兜子里了，是这样的，我想起来了，钱包我没丢。刚才你们都看到了吧？他说他上午还捡了个钱包，有谁一天能捡两个钱包。他是个小偷，这个确定无疑！”

庆幸的是，去警局的时候没让他步行。警察鸣着笛开车过来，给他戴上手铐，像美国大片一样把他推进了警车。

现在他正坐在社区的警局里。他打电话叫弟弟过来，两个人一整夜都在接受审讯。第二天早上，警局要求派个保释的人过来，局长先生用惊讶、犹豫和愤怒的眼神看着陶德签了字。夜班的警察下班，换成白班的一位老警察一切才有了转机。那位老警察给钱包里驾照的主人打了个电话。驾照的主人是个老实人,说钱包不是被人偷去的,是自己拿的东西太多才不小心弄丢的。他还说自己经常丢三落四,丢了好多钱包和手机。陶德被释放了,别说五千图格里克,失主连五百图格里克的报酬都没给,拿着钱包走人了。老警察批评那位年轻的警察,如果是小偷能把钱包还给她吗？不过那位警察没来道歉,陶德也不需要他的道歉。

弟弟急急忙忙地哭着跑出去打了一辆车。陶德拖着疼了一晚上的腿上了车。兄弟二人坐在车上一路无言。陶德真后悔当时没有拿上钱就闪人。他疲惫地闭上眼睛,身体开始往后靠。一摸衣兜,摸到了便利店的女老板给他的“议会”牌香烟。他问司机有没有火。司机阴阳怪气地瞪了他一眼说:“车内禁止吸烟!”陶德叹了口气,幸运在昨天就已结束,今天或许很不幸。他捏着没有点着的香烟,突然想起了便利店女老板的脸,心里温暖了一些。他苦笑了一下,惦记着什么时候把烟钱还给她。

2011.9.8

她是谁

她每天上班时向坐在单元门口的那位女士打招呼。那位不再年轻的女士个子很高，不过现在已开始佝偻。她很消瘦，把白发烫成了大波浪卷，经常用一双小眼睛犀利地观察周围。她爱穿蒙古袍，老年人大多只喜欢穿一个款式，而她的袍子样式新颖、做工精细，数量也不少。

可能是因为每天早晨都见面的缘故，乌尔觉得这位老年人比自己的兄弟或亲戚都亲切。每天早上乌尔都和她在同一个时间重复同一个动作。她准备锁门下楼时，会习惯性地想起她。她从不高不低的九楼上下来时想着那个女人，走出单元门见到她，就和她打招呼。她从不同的角度幻想过她，遇见时会有些紧张，不过还会打招呼，礼貌性地点点头。或许老太婆也想象过她，遇见时会用同样的眼神看她一下，骄傲地点点头。

今天老人穿了一件有黑色镶边的浅绿色袍子，上身套着有绿色大花纹的黑色马甲，看起来仪式感很重。看到她笔挺地坐在那里，乌尔小声地说了一声“您好”，顺便看了一眼她身上的衣服。老人似乎不喜欢她的眼神，不过还是以理解她的姿态报以微笑。

她是做什么的？是演员还是歌手？应该在一个艺术团体工作吧。到了这个岁数，为什么还打扮得如此精致？在她这个年龄段，没有人像她这么健康和活泼,所以看起来也不错。她的衣服是谁做的?如果不是儿女给做的,那应该就是定做的。现在做一件蒙古袍也贵了。小时候妈妈多次想教我缝蒙古袍,我都逃脱了。如果当时学会了,现在就不愁饭碗了。看她每天都换一件衣服,生活条件应该不错。我上下班时她都坐在单元门口,是什么时候去缝衣服的?这女人真厉害。

乌尔想着这些朝公交车站走去,又想到了自己的遭遇。她已经离婚三年了,现在是被官方称为“户主”的女人。她为了抚养年龄只相差一岁的两个女儿,也为了不让前夫笑话自己,在两个地方兼职收银。她不喜欢把昨夜的泪水带到第二天早上。她是一位三十来岁,嗓门奇大,爱微笑的女人。她的微笑有很多次险些像灯笼一样被熄灭,每每此时,年轻人的骄傲、坚韧、自信和博爱会重新点燃她脸上的微笑。她知道父母给她起名为乌仁图雅[①]的用意何在,不过朋友们都喜欢叫她的简称。乌尔这个名字让她在很长一段时间内背负了生活的一切负担。

乌尔伤感地看了一眼自己穿了三年的便鞋,鞋尖已被磨旧。她突然想到今天没注意门口的老人穿了什么鞋。她从不注意老人的脚。“明天看看她穿了什么靴子。老人嘛,应该穿一双蒙古靴或布里亚特靴子,一定是这样的。在炎热的夏天妈妈还穿蒙古靴,还说夏天穿两件衣服就能隔热。”

“好吧,妈妈,您的话我可以信以为真,不过别人会怎么想?肯定会觉得您是个傻子。大家都会笑话您为什么天热时不穿单衣而穿了一件袍子?”有一次她把自己的想法告诉母亲,母亲看了她一眼,说:“别人说什么与我无关,我不能学别人穿得那么凉快,那样坐在城里的石凳上会冷。”如果是这样,单元门口老人套上马甲了吧。这么一想,她觉得那位

---

① 乌仁图雅:意为朝霞、晨曦,乌尔是乌仁图雅的简称,乌尔(үүрээ)和蒙古语意为“背负”的“үүрэх”的读音一样。

老人有些可怜。母亲去世已经三年了,自母亲去世之后,她就开始观察周围的老人。

第二天早上,她锁好门拽了几下,拿着叮叮当当的一串钥匙,不慌不忙地往下走,想象着门口的那位老人。

她年轻时是一家剧院的演员吧。演奏三弦或古筝……嗯,对,是一位三弦演奏家,一看她的身材就知道。当年她的回头率一定很高,是一位大美女……当她袅袅娜娜地走上台时,所有男人都盯着她看……是个大美女。她看似高冷,但一定是一位性格温柔、不爱说话、谦和之人。她的爱人听她唱《一生的恋人》时就喜欢上她,过了整整一年才表白,结果……女人刚开始什么也没说,后来就……

乌尔天真地想到这里,推开单元门见到那位老人,跟她打声招呼便看她脚上的靴子。女人没穿蒙古靴,也没穿布里亚特靴子……也不是春秋常穿的高筒靴。她穿了一双中跟的尖嘴便鞋,鞋面被擦得干干净净。最最奇怪的是,她不像别的老年人一样配一条打底裤或者短袜,跟年轻女孩一样露着她白皙的小腿。乌尔情不自禁地停下来看老人今天的打扮。她今天穿了一件跟鞋子配套的没有花纹的普通袍子,系了一条色彩艳丽、镶着奇石的细皮带。那条皮带,乌尔从未见过。她和老人打招呼,觉得今天有点尴尬,因为盯人家盯得太紧啦。老人似乎也感觉到了这一点,看着她高傲地打了一声招呼。乌尔像犯了什么错,感到浑身紧张,赶紧走开了。

走出很远之后,她又想起了母亲。“我可怜的妈妈穿过便鞋吗?一辈子和牲畜打交道的女人穿上这样的高跟鞋会怎样?”她想到那个第一次进城,第一次穿上高跟鞋,膝部微微弯曲,走路摇摇晃晃的女牧民,险些笑出声来。母亲的样子出现在她的眼前时,泪水模糊了她的视线。

说来也怪,每天坐在石凳上,她不冷吗?她的身体不错,想必一辈子都没干过体力活。她应该是一位市里大领导的夫人吧，家里应该有保姆，说不定还有厨子。像她这样的人，一辈子没干过体力活儿，也没为生计操过心。这些人常常会用奇怪、可怜的眼光看我这样的穷人，不时地投来厌恶、鄙视的目光。这些人认为贫穷是孽障，是前世欠下的罪孽，因此暗暗感谢自己的前世，不过他们不会因此而做善事。他们认为贫穷可悲，他们……

乌尔不明白自己为什么开始厌恶她，很不开心地挤上了公交车。讨厌她是因为这位穿着时尚的女人没能给她母亲的温暖，还是不喜欢她老成这样了还穿露小腿的便鞋？

第二天乌尔已经不那么急了。她想着老人露出小腿的鞋子，想着她每天不重样的高级蒙古袍，想着想着就觉得她有点讨厌。她讨厌乘电梯下楼。

她年轻时说不定是个领导。社会主义时期有不少女人都当了单位的领导。她准是党中央某位高官的情妇。她长得漂亮，所以仗着脸蛋上了中学或大学。她的爱人应该是一个可怜的家伙……明知道他的老婆和高官有一腿也不敢出来阻止，他知道就算阻止也没用，所以决定用自己的痛苦换取金钱和利益。他鼓励妻子，在她情夫的帮助下有了不错的生活。她在家里掌握大权，脾气开始变坏，变得霸道无比，常常……

某一天，有人给她说过一个类似的故事，她把故事情节都套在老人身上，并相信了自己的这些推测。到了楼下时，乌尔响亮地叹了口气，推开了单元门。她看到老人还坐在那里，便和往常一样点头打招呼，还不忘上下打量一下老人。

老人今天没穿便鞋，而是穿了一双春秋的皮鞋，上身穿一件粗布单衣，眼睛红红的，和乌尔匆匆点头后便侧过脸去看别的。

乌尔愣住了。她从未见过老人哭红的眼睛,也没见过她这样柔弱的一面。乌尔在六个月前搬到这所公寓,每天早上八点半出门,每天遇见的第一个人便是这位老人,已经习惯老人精致的外表和端庄的气质。可是今天……

有一次她也让母亲流过泪。年迈的母亲拿不稳器皿,经常摔烂它们。有一次母亲不听劝阻,打碎了婆婆送的一款清代瓷器。当时她非常生气地跟母亲说:“你现在什么都干不了,还不悄悄地坐着……以后别忙着打扫房间了,你十年的工资也买不起这么一件瓷器,可惜啊,太可惜了。您现在怎么变得这么没用?还不如一个孩子……”过了一会儿,她就把这件事忘了,推门进母亲的房间时,看到母亲把双手放在膝盖上,微微欠着身,默不作声地坐着。她习惯了母亲走来走去的样子,就问道:“您今天怎么这么安静了?”她看到母亲哭红了的黯淡无光的眼睛已经肿起来了。她的心颤了一下,双腿软了下去,可她不知道此时应该说什么,懊恼地悄悄走出了母亲的房间。她平时知道怎么哄母亲,可那次她悔恨至极,从此暗暗发誓永远不会再让母亲伤心。她还是没做到,经常指使母亲干各种琐事。母亲从小就宠她,养成了她这样的性格。母亲一去世,她就明白了世界上没有不老的神人,人一旦去世便永远挽不回来。想着想着所有的悔恨都聚集到一起,她的心里早已泪如雨下。

这位可怜的老人也让女儿数落了吧?估计她女儿也和我一样,是一个心直口快的家伙。估计女儿嫌她买衣服花了太多的钱。老人活在世上的日子也没多少了,多买几件衣服又能怎样,为何还要让她这样伤心?女人终归是女人,老了不等于死了,她们活着就爱美。她每天打扮得那么漂亮,美得连我都要驻足观望,她的女儿如果能把气愤转化成支持那多好。这位老人很会打扮,打年轻时候就会。你看她刚才瞧我的那个眼神。她应该有儿女吧?我可一次都没见她领着孙子和外孙出来,也没见她的老伴,或一家老小在一起。或许她膝下无子……应该不会。她的身体这么棒,应该是子女细心照顾才会有的。

第二天，乌尔出门时带了一件她们厂的主打产品——羊绒衫。如果母亲还健在，她想买一件这样款式和颜色的羊绒衫给她。她们的厂子每年都选一两件羊绒衫送给自己的女员工，昨天她刚好选了一件。她昨天看到老人哭红的眼睛非常难受，于是想送她一件礼物。

陌生人送的礼物一定会带给她惊喜，老人和小孩是最好哄的。送了羊绒衫和老人聊两句吧，问问她的近况。说不定她真的膝下无儿，过得很不易呢。我应该温柔地陪她聊一聊。哎呀，不知道她为什么哭？

第二天早上，她把羊绒衫夹在胳膊下出了门。下楼时羊绒衫的塑料袋在愉快地沙沙作响。乌尔觉得她像个医生，这样她漫无边际的想象又开始了。

她从小失去了父母，日子过得很艰苦吧。中学毕业之后她想当一名医生，可是落榜了。后来她遇见一位大她二十岁的医生，他承诺可以让她当医生，最后骗她与其同居。他们就此开始了一段不太正常的婚姻生活。老医生终日蹂躏这个姑娘，最终让她怀了孕，又怕遭人非议，屡次让她服堕胎药，最后她失去了生育能力。在那位男人的帮助下她成了一名医生，可她早已心灰意冷，无心再去救死扶伤了。她变得很孤僻，别人根本难以接近。她非常孤独，每天把自己打扮得如此精致是因为从小吃尽了贫困之苦……

想到这里，乌尔推开了单元门。她从天马行空的想象里走出来，看到老人便想起自己的羊绒衫，赶紧走上前跟她点头打招呼。可是……她今天的装扮格外精致，甚至穿了一件平时从未穿过的金丝衣，戴着长长的粉红色珍珠项链，头上戴着她的同龄人从不敢尝试的艳粉色毡帽，看上去活像一位舞台上的演员。看到乌尔，她满意地点了点头。乌尔愣在原地。老人大概什么时候也不会喜欢她拿着的那种羊绒衫。

我真够傻，明知道她这么漂亮还选这个款式的羊绒衫。如果是我母亲，收到这样的礼物一定会非常高兴。不过她和我母亲不一样。我这是选了一个什么样的款式啊，真傻。如果我送她这件羊绒衫，她肯定会趁着过年的时候把它转送出去。

想到这些，乌尔已挪不动脚步，像犯了错似的用祈求的眼神看着老人。不知过了多久，老人冷峻而孤傲地点了点头，开始从头到脚仔仔细细地（以前从未这样过）打量她。乌尔感觉自己受到了侮辱，身体缩成了一团。此时她已忘记了羊绒衫，逃跑似的一路小跑着离开了单元门口。她似乎能感觉到老人在看她的背影，感觉到后背发凉，根本不敢回头。

"她的眼神可真诡异，她人也好丑……为什么那么直勾勾地看我？她就那么爱管闲事吗？你看她那个眼神！不会是在审视我的穿着吧？"乌尔突然想到老人的那顶帽子，是她曾参加那达慕时戴的那款。记得在那达慕那天，她戴着自己心爱的帽子出门时，门口的老人好像盯了她很久。

哎哟，原来这老女人看着我的打扮选衣服。估计她真的膝下无子，所以从年轻时就喜欢吸引别人的眼球，应该是那种为了好看的衣服不惜牺牲一切的都市蠢女人。为了证明自己并没有被时代淘汰，她才学年轻人打扮自己吧。怪不得她盯我就像盯着一个年轻女孩呢，真搞笑。她怎么会对我这样的穷人感兴趣？我又不像新年的圣诞树那样花枝招展。我说，人到了这个年龄，就算她的眼睛永远看不够，但欲望已经破灭或减少到一种与世无争的境界了吧，她怎么还那么喜欢凑热闹？真不知道她在想什么，难道她打扮成那样坐在单元门口，是在等待着美美地死去吗？哼……

乌尔不明白为什么一个陌生女人会让她如此激动和不安。是因为她与众不同，还是因为她和母亲有点像？难道是自己身处生活低谷时想起了那些乳汁般善良的人们？还是因为自己欠了母亲太多？现在她已经成了乌尔内心的一部分。为何这个女人在她生活中的分量比弃她而去的男人和支离破碎的生活本身还重？日子、老人和她被一种无形的线索捆绑在一起，共同度过了七个月。乌尔每次出门都会重新想象一下老人曾经的生活，这七个月来天天如此。

老人说不定和姑妈一样有六个女儿、六个儿子呢。蒙古女人都喜欢儿孙满堂。小时候住在隔壁的道布敦叔叔家就有十六个孩子。她的孩子们都和道布敦叔叔家的孩子一样读过大学吧，虽然这种可能性不大，但也不能说没有啊。如果那样，老人可以为孩子们，也为自己骄傲。孩子们一定知道母亲的养育之恩，等她老后将她捧在掌心也没什么不对。我小时候就和姐姐们说过要给母亲送一件特别的礼物。她不好意思将孩子们送给她的精致蒙古袍压在箱底才拿出来穿。当母亲的都这样，为了不给孩子们丢脸，她才打扮得如此优雅吧，蒙古人会这么做的……

乌尔展开她的想象推了一下单元门。单元门没开，她又用力推一下，听到门外有人火急火燎地说："请您稍等！"过了一会儿单元门就被推开了，进来四个抬棺材的人，个个都气喘吁吁。乌尔赶紧给他们让路，贴着墙站在那里看着棺材愣神。她从未见过这么漂亮的棺材。那是一款四个角都用金色的铁丝固定，顶上有三个凸形花纹的橙色棺材。她突然感觉有点不妙，用紧张而恐惧的眼神看着那四个人，等他们走过去之后强忍着心跳往外看，老人的石凳今天孤零零地伫在那里。

看到这一幕她比刚才更加恐惧，突然感到眼前发黑，藏在心里的每一个秘密都化成了如雨般的泪滴。她像失去了知觉一样站着哭了很久，然后转身跑上楼去。她又想起母亲去世的那天，颤抖着进屋后便趴在床上哭起来。

“连她的名字还不知道呢，名字！也没说过一句话，没有……”乌尔小声对自己说。她一晚上都没睡，早上昏昏沉沉地爬起来下了楼。

“从今天起给老人点一盏佛灯吧。如果做不到七七四十九天，至少点三天……到甘丹寺[①]请人给她念经吧，我搬过来一年了，每天早上只有她一个人陪我。估计再也看不到这么好的老人了。”她用力开启沉重的单元门，看到老人穿了一身金黄色的缎子做的衣服，和往常一样笔挺且大模大样地坐在石凳上。乌尔惊讶得张大嘴，呆在那里挪不动步子。

她小时候听大人说过有一个老奶奶死后灵魂始终不肯离开，还出来吓唬周围的小孩。据说很多人亲眼见过她的灵魂，不过乌尔都是道听途说。当儿时的回忆相继离开她时，她还记得关于灵魂的种种传说。乌尔用连她自己都陌生的声音干巴巴地和老人打招呼，听到熟悉的声音之后更被吓呆了。这栋楼里有四十多户一百多号人，不知是谁上了天堂，让她误以为是门前的老人。她害怕老人突然离去，流着泪笨手笨脚地走到她身边，颤抖着给了老人一个紧紧的拥抱后，颤抖着哭起来。

“孩子，你怎么了？”听到老人的声音，乌尔才清醒。她默默地哭了一阵子，温柔地推开老人，一路小跑着走了。

她决定认识这位老人。在这座偌大的城市里，在这个偌大的小区里，在这栋拥有几十个住户的住宅楼里，大家彼此不相识。大家的房门都是冷冰冰的，上了重重大锁，没有任何生命力。她决定明天下楼时带头打开其中的一扇门。

---

① 甘丹寺：位于乌兰巴托市中心，是乌兰巴托市最大的寺庙，始建于1838年。

祖母年轻时和我一样一个人在生活吧？她和我一样有两个女儿，和我一样离了婚。她没生儿子，婆家就嫌弃她。她和我一样拼命工作，还相信等老得干不动了就可以好好休息。和我女儿一样可爱的两个女儿都嫁了好男人，这才让她过上了幸福的晚年生活。我的晚年也会幸福的。祖母年轻时和我一样爱胡思乱想，和我一样喜欢憧憬变老之后的日子。她和我一样……

到单元门之前，情绪还没平复的乌尔又看到了棺材。刚开始她没敢相信自己的眼睛。不过这一次她没像昨天那样惊慌失措。她看到在二楼狭窄的公共空间里有两个年轻人正抬着一口棺材。这棺材比昨天的小很多，一看就是便宜货，都没上漆。两个年轻人放下棺材抽烟休息时，乌尔平静地打量了一下，暗自想，昨天死了个有钱人，今天死了个穷人，这里每天都死人！

推开单元门时，她还在猜想她陌生的“朋友”今天会穿什么衣服。昨天她金黄色的衣服像太阳，说不定今天她的衣服就像蓝蓝的天……

她推开单元门，微笑着抬起头。她没有看到任何颜色，因为石凳上空无一人。

从那天起，乌尔再没见过那位老人。她每天出门时都在石凳前站一会儿，努力回忆她与老人的点点滴滴：她戴粉色的帽子很好看；她有一双像年轻人一样露出小腿的便鞋；她有一次哭红了眼睛……她的一句“孩子，你怎么了”给了乌尔莫大的温暖……她回忆了一遍又一遍，就是不见老人出来。“难道她真的去见佛祖了？”想这些时乌尔并不怎么难过，甚至还有点厌恶这样。她去疗养了，还是常坐在石凳上生病了？或者奔着孩子们出国了？她宁愿相信老人已出国，在城里待了一辈子的老人在乡下生活可不容易。她到底去哪儿了？干什么去了？

可怜的，人老了总能摊上事。等待她的不只是死亡，还有比死亡更可怕的东西。她有可能卧床不起了，在她这个年龄发生这样的事理所当然。她们是一片秋叶，风一吹就落下来了。其中几片叶子能挨过冬天，等到夏天来临时，它们会带着失去颜色的身体奔向太阳。

时间过了二十几天。

有一天，乌尔早起拉窗帘看到了这样的一幕：一位身材微胖的陌生女人把头发染成了从不适合东方女人的干黄色，正在一件件地拿起脚下的衣物，扔进公共垃圾桶烧掉。

是的，这一切都再清楚不过了。这是那位老人的衣服！只有她才有那件粉色的蒙古袍，那件浅黄色的马甲。乌尔的心被刺痛了，她感到头昏目眩，紧紧拽住了窗帘才站稳。黄发女人似乎很嫌弃这些衣服，捡衣服时躲得远远的，每一个动作都非常谨慎……

那些像演出服一样艳丽的衣服曾让那位不幸的陌生老人看起来很幸福；一位和乌尔的母亲完全不像，却总让她想起母亲的老人穿过它们；一位每天带给她惊喜的百变女人享受过它们。那些亮丽的衣服或许曾带给主人无限的欢愉，或许丝毫的欢愉都未曾带给她。现在这一切都成了一股黑烟！乌尔早已泪眼蒙眬，为看清眼前的一切，她擦掉了眼泪。她不敢相信，不过必须得相信这一切。当这些衣物化成灰烬时，留在这个世界上的就只有她们每天的相遇了。她擦着眼泪在窗边站了很久。

一大堆衣服现在只剩了三件：红色、黄色、蓝色的衣服被放在一起，在垃圾堆里那么显眼。那三件浓缩了人的智慧，显得非常贵重的衣服现在就躺在垃圾堆里。周围是一些皱皱巴巴的纸张、失去颜色的旧布条、坏了的盒子和箱子、饮料瓶盖、用过的避孕套、几节绳子、完整或被损坏的酒瓶、女人用过的卫生巾、一只旧拖鞋和土豆皮！它们带着主人的呼吸，也带着乌尔悲伤的回忆！

乌尔突然疯疯癫癫地跑下楼去，用力打开单元门时仿佛看到了老人生前高贵而迷人的样子。单元门几乎是被她一脚踹开的，门口的石凳上依然空无一人。乌尔的心在绞痛，不过她极力克制自己，跑到黄发女人跟前用因紧张而变了调的嗓门喊道："您不能这样！不能，您这是在做什么！"她看到女人的眼神之后，就像个哑巴一样什么也说不出来了。

"很抱歉，马上就可以了。我知道冒了很大的烟，我会收拾干净的，马上就结束了。”陌生女人一边说着一边把最后三件衣服捡起来扔了进去。乌尔似乎听到了痛苦的呻吟，那声音久久地回响着……她不知道这声音来自她内心的惊叹，还是陌生女人的一席话在入耳，抑或由正在变成灰烬的三件衣服发出来的，总之听着像呻吟……

乌尔本想阻止她，可自己也不知道留下这些衣物能干什么，也不方便向旁边的黄发女人解释。看着三件衣服化成了一股浓烟，乌尔的心像石头般沉重，她似乎在如梦似幻中看到了老人那张严肃的脸庞。她知道一眨眼的工夫一切都会消失，所以往家走时也格外落寞。

爬楼梯时，她无精打采地看着邻居们的三位数门牌号，突然像孩子似的大喊道：“190——绿色、旧门、板条；191——棕色的新门，铁鹰牌；192——非绿非棕……”似乎这些数字能赋予她的生命新的意义，更新她的视野。到了自己的家门口，她紧紧抓住熟悉的门把手，嘴里嘟哝着几句话站了一会儿。她按了一下把手，呆呆地站着。防盗门被打开时，她迈过门槛进了屋。

门被关上，屋里回荡着她的自言自语：“199——我们家的！200——不是我家的！”

2010.8.10

译后记

2016 年译《蒙古国文学经典 小说卷》时，有幸接触了蒙古国女诗人、作家罗·乌力吉特古斯的两篇小说作品。在此之前，虽然也读过她的一些作品，但以诗歌居多，读的转写成传统蒙古文的小说大概就只有《女人》这一篇。去年夏天，女翻译家哈森去蒙古国协商《蒙古国文学经典诗歌卷》《蒙古国文学经典 小说卷》版权问题时，与在乌兰巴托居住的罗·乌力吉特古斯女士谈了翻译其作品的相关事宜，回国时给我带了一本作者最新出版的中短篇小说集《城市故事》。

阅读《城市故事》是在炎炎夏季，书中的内容却宛如一缕清风给我带来丝丝凉爽。作为一名“70 后”的女作家，罗·乌力吉特古斯对城市生活的感知度是超乎常人的。在她的作品里，我读到了蒙古人在城市里工作和生活的真实写照，也看到了他们精神世界中的欢愉、悲伤甚至绝望。她运用西方的现代经验描述这些人物，让作品展现出与众不同的光芒。因为作家现在还太年轻，我们不便下定义，称其作品为“经典”，但毋庸置疑的是，这些小说在蒙古国文学史上一定是特立独行的存在。一部作品“经典化”的过程，是不断被筛选的过程，而翻译也是让一部作品“经典化”的主要途径。萌生翻译此书的想法之后，我于 2016 年 3 月 10 日给作者发了一封电子邮件，表示自己想翻译其作品。次日，作者发邮件给我,表示同意由我将《城市故事》翻译成汉文。

我原以为自己利用半年的时间就可以完成此书的翻译工作。可是交稿日期一拖再拖,直至亮起“红灯”时我才将稿件交到编辑手中。这一年里,我除了忙碌本职工作之外,也经历了女儿入托、举家搬迁等大事,而每一件大事的背后都藏着无数个琐碎的小事,我有一点力不从心。

翻译的过程中,我依然如履薄冰,生怕与某一个字失之交臂。有好多同行告诉我文学翻译是“带着镣铐的舞蹈”,我只觉得翻译的“镣铐”有点沉重,很难翩翩起舞。不过看到一篇篇精彩的短篇,我也不得不摆出几个舞蹈动作,虽然笨拙,可贵在真实。译者常常是“一仆侍二主”,怎样衡量作者与读者是他们一直在思考的问题,最后决定取折中的平衡值作为我的翻译标准。每晚家里人都入睡之后,我便打开台灯,坐在书桌前开始翻译。那是我一天中最安静的时光,也是一天里唯一能属于自己的时光。今年的十一小长假,亲朋好友都选择出去旅游时我选择了校订译稿。校订最后一篇稿件时,为期八天的小长假也到了最后一天。在翻译过程中令我苦恼甚至绝望过的那些文字真的要离我而去时,我竟然还有一些不舍,就像我的爱女阿尔姗娜上幼儿园的第一天,我明知她已长大,依然觉得她在我手上更稳妥。

好在我遇到了一群和我一样把文字当成自己理想的朋友。本书的责任编辑郝乐工作时间不长,平时也不爱说话,但她认真的态度和专业水平令我佩服;内蒙古人民出版社汉文大众读物编辑室主任朱莽烈先生是这套丛书的策划人,他和去年一样,从策划到编校,每一个环节都付出了心血;内蒙古人民出版社青年编辑贾睿茹小妹为我通读了书稿,并提出了很多建设性意见;内蒙古大学教授、博士生导师海日寒欣然为本书作序,以此来鼓励我;女翻译家哈森定期与我交流翻译心得,鼓励我译好此书;我的同事哈申格日乐和那日苏将这本书转写成传统蒙古文,以便我翻译。虽然书的封面上写着我的名字,但同样浸透着大家的汗水,在此表示深深的感谢!

《莎士比亚全集》的译者梁实秋先生曾戏言:学问过高的人不会翻

译，他们都去做学术；才气过高的人不会翻译，因为他们都去自己写；寿命太短的人也不会翻译，因为书（指《莎士比亚全集》）还未译完，可能就会作古。《城市故事》是我蒙译汉的第四本书，难免会有些瑕疵，好在我会把文学翻译当成我很长一段时间内活着的证据，因此只能跟读者朋友说，好戏还在后头！

本书根据蒙古国乌兰巴托市“永字”有限责任公司 2013 年出版的《城市故事》一书译出。

照日格图

2017 年 10 月 22 日深夜，

于呼和浩特农委大院小区